## Das Buch

Warum den Roman einer Schauspielerin wiederauflegen, wo ohne Zweifel ihr Ruhm sich auf ihr schauspielerisches Talent gründete? 1928 verursachte er einen Skandal, man las ihn als Schlüsselroman. Die weit über Deutschland hinaus bekannte Aktrice, die an der Piscator-Bühne mit Bert Brecht, Leo Lania, Egon Erwin Kisch und Ilja Ehrenburg in Verbindung kam, hatte gerade den dramatischen Selbstmord ihres Mannes Paul Cassirer überwunden, als nach dem Erscheinen des Buches eine beispiellose Kampagne gegen sie einsetzte. Zu ihren Lebzeiten wurde der Roman nie wieder publiziert. Worum geht es eigentlich in diesem Buch, worin liegt seine Aktualität und sein Reiz für heutige Leserinnen und Leser? Es sind zwei Aspekte, die hier zusammenkommen. Zum einen spielt dieser Großstadtroman im Berlin der Roaring Twenties, gegen Ende der Weimarer Republik, zum anderen erzählt er von der Liebe einer Vierzigjährigen zu einem zehn Jahre älteren Mann, einer Frau, die selbstbewußt, emanzipiert ihren eigenen Weg geht, der sie aus einer erstarrten Ehe führt.

Für den Skandal, den der Roman 1928 erregte, war vermutlich auch die Freizügigkeit verantwortlich, mit der die Autorin erotische und homoerotische Themen behandelte.

## Die Autorin

Tilla Durieux (eigentlich Ottilie Godefroy) wurde am 18. 8. 1880 in Wien geboren. Sie starb am 21. 2. 1971 in Berlin. Tilla Durieux gehörte zu den bekanntesten Schauspielerinnen der 20er Jahre. 1903 kam sie an das Deutsche Theater Max Reinhardts und spielte später an verschiedenen Berliner Bühnen. 1934 ging sie in die Emigration und kehrte 1952 nach Deutschland zurück. Sie brillierte vor dem Krieg in Stücken von G. B. Shaw, Hebbel, Wedekind und Oscar Wilde. Nach dem Krieg auf der Bühne mit Stücken von Giraudoux und Ionesco. Ihr Roman ›Eine Tür fällt ins Schloß‹ erschien 1928, ihre Lebenserinnerungen ›Eine Tür steht offen‹ 1954. Sie stiftete den Durieux-Schmuck, der wie der Iffland-Ring für bedeutende schauspielerische Leistungen verliehen wird.

studio dtv

Tilla Durieux:
# Eine Tür fällt ins Schloß
Roman

Mit dem Text von Else Lasker-Schüler
›Tilla Durieux‹
und einem Nachwort von
Ruth Klinkenberg

Deutscher
Taschenbuch
Verlag

dtv

November 1992
Deutscher Taschenbuch Verlag GmbH & Co. KG,
München

Umschlaggestaltung: Christoph Krämer
Satz: IBV Satz- und Datentechnik, Berlin
Druck und Bindung: C. H. Beck'sche Buchdruckerei,
Nördlingen
Printed in Germany · ISBN 3-423-19017-5

I

Als Carola Peters den Potsdamer Platz gerade zu einem knappen Drittel überschritten hatte, überfiel sie die seit Jahren schon sie peinigende und immer wieder zurückgedrängte Sehnsucht so unvermittelt und heftig, daß sie mitten auf der Fahrbahn stehenblieb, blind für die Zeichen des Verkehrsturms, taub für die Schreie und Signale der Chauffeure: »Ich muß zur Klarheit kommen, jetzt gleich«, sprach sie halblaut zu sich selbst.

Da war wieder dieser beinahe magische Befehl, den die laute Hast ihres Lebens immer wieder übertäubte und doch nicht zum Verstummen bringen konnte: Ordnung und Übersicht bringen in seine Gefühle. Aber da mußte man wohl vorerst die heillos verwirrten Gedankenfäden säuberlich aufspulen. Wo beginnen?

Um ein Haar wäre Carola von einem Auto, das sich eben wieder in Bewegung setzte, niedergestoßen worden, der Chauffeur warf ihr wütend einen Fluch nach, andere fielen ein – wie gejagt lief Carola auf die andere Straßenseite hinüber und eilte ziellos davon.

Etliche Passanten blieben stehen, blickten sich nach ihr um, sahen ihr nach – Flaneure, Müßiggänger, Abenteuersüchtige, Kleinbürgersfrauen. Carola wurde ihrer kaum gewahr, alles glitt ab von ihr, als wäre es nicht vorhanden.

Ihr Gang hatte etwas von der überlegenen Unbekümmertheit, die allein der sportgewandte Körper im beherrschten und ausgeglichenen Spiel der Glieder verleiht, erfüllt und getragen von jener natürlichen Sicherheit, die wir als Anmut empfinden. Hohe, gestraffte Gestalt, schlanke, federnde Beine; ihr Gesicht, im Zustand der Ruhe etwa einer leeren Projektionsfläche vergleichbar, die des Spiels der Lichter und der Schatten harrt, reizvoll belebt und sich belebend unter den von Herz und Hirn in jähem Wechsel ausgesandten Empfindungen und Gedanken. Diesem Gesicht war jetzt die Spannung anzumerken, das leise Beben des eingeschalteten Motors, der unter Hochdruck in ihrem Kopfe arbeitete und ihre Gedanken derart antrieb und beanspruchte, daß ihr Auge nichts von alldem aufnahm, was sich ihm während des selbstvergessenen Dahineilens als Anblick darbot.

Der Trubel der Straße, die hastenden Menschen, die lockenden Schaufenster, die tausend kleinen Nichtigkeiten, die im Vorübergehen auf dich einstürmen, dir ein Lächeln der Freude oder der Wehmut entlocken können, dich bedrängen oder entspannen – jene tausend kleinen Nichtigkeiten, aus denen das Leben sich zusammensetzt – dies zog jetzt wie unter einem Schleier an ihrem Bewußtsein vorüber, formte sich zu einer wogenden Wolke aus grauem Dunst, die sich von allem schied und schließlich alles verhüllte.

Carola blieb plötzlich stehen, als wollte sie keinen Schritt weiter tun, ehe sie nicht sofort zur Klarheit käme. Wie ein Blitz durchfuhr es das Gewölk um sie her, wie ein elektrischer Schlag berührte es sie, um sogleich das Blickfeld der Sinne freizugeben. In diesem Augenblick wurde es Carola wieder bewußt, daß sie einer entscheidenden Begegnung mit einem Manne entgegeneilte.

»Vielleicht werde ich ihn sehr lieben können!« Der bloße Gedanke und daß sie ihn jetzt laut aussprach und vor sich hin sagte, war wie ein Triumph, schenkte ihr ein herrliches Gefühl der Sicherheit und des Gelöstseins. In Carola sang es: »Vielleicht werde ich ihn sehr lieben…«

Carola hielt inne, um Atem zu schöpfen. Da sah sie sich plötzlich vor einer Litfaßsäule. Ein großes Plakat: »Judith im Deutschen Schauspielhaus, Erstaufführung am 5. Oktober. – Judith… Carola Peters.«

Abermals würde sie die Rächerin spielen, in deren Rolle sie schon oft großen Erfolg gehabt hatte. Carola zweifelte, ob es auch diesmal glücken würde, in dieser so gänzlich veränderten Zeit gegen frühere geruhsame Tage. Wo führte eine Brücke von der hoheitsvollen und hochbogigen Sprache Hebbels zu den Empfindungen der hastenden unruhigen Menschen im Zuschauerraum?! Nein, es gab kaum eine Verbindung zwischen der Zeit des Dichters und dem Heute, zwei Welten, geschieden durch die unüberbrückbare Kluft des Krieges!

Judea hungerte, – das war faßbar – Holofernes drohte, – auch das war verständlich – aber nun geht eine Frau ins Feindeslager, gibt sich dem Sieger hin und erschlägt ihn dann. Große Worte, nichts als große Worte! Judiths Verzweiflung über ihre verlorene Jungfräulichkeit – wie lächerlich! Was bedeutet es, seinen Leib zu verschenken? Nichts! Ein Opfer, das leicht wiegt, wenn man ein großes Ziel vor Augen hat und dieses Ziel nur auf dem Wege über die Umarmung erreicht werden kann. Was bedeutet dieses Opfer gegen eine Ehe, in der die Hingabe zur banalen, quälenden Pflichterfüllung geworden ist.

Carola mußte an Friedrich Karl denken, der sie immer noch begehrte und vor dem sie geradezu ein Grauen empfand. Da war er wieder, der würgende Gedanke, der sie seit Stunden bedrängte, die brennende, wühlende Frage, auf die sie bisher keine entscheidende Antwort hatte finden können.

Carolas Gedanken wanderten Jahre, Jahrzehnte zurück, in ihr Elternhaus, zu den Tagen ihrer Kindheit, bemüht, den Knäuel ihrer Erinnerungen zu entwirren, um nochmals die Ereignisse zu sichten und zu überblicken, die zu ihrer Ehe geführt hatten. Nochmals verfolgte sie den ganzen Weg, der im Gestrüpp dieser Ehe gemündet hatte, überdachte, überlegte, ohne daß es ihr recht gelingen wollte, die Zusammenhänge zu klären und zu einem eindeutigen Ergebnis zu gelangen. Mißmutig zwang sie ihre Gedanken in eine andere Richtung.

Da fühlte Carola die Blicke der Vorübergehenden auf sich ruhen und wußte, daß man sie erkannte. Etwas wie Schüchternheit, die sie stets in solchen Augenblicken zu überkommen pflegte, kämpfte in ihr mit einem leisen Gefühl des Stolzes, das sie sich allerdings nicht eingestehen wollte. Denn immer wieder empfand sie den Wunsch, gesehen und erkannt zu werden – erschrak verschüchtert und unwillig, wenn dieser Wunsch erfüllt wurde – und wußte im gleichen Augenblick, daß ihre Eitelkeit danach hungerte – und schämte sich zum Schluß dieser Eitelkeit.

Ein Gespräch mit Friedrich Karl, in einem kleinen Hotel irgendwo im Ausland, kam Carola in Erinnerung. Sie hatten sich beide ereifert, geschrien, aber schließlich herzlich lachen müssen, als sie die Besorgnisse der herbeigeeilten Nachbarn gewahr wurden. Und der ganze Streit war nur um Tolstoi entbrannt. Carola empfand damals eine Abneigung gegen den Dichter, weil er, nach Armut und Einfachheit strebend, an seinem Reichtum festhielt und sich mit schlauen Winkelzügen – wie sie meinte – an sein Gut und seine reiche Umgebung klammerte. Friedrich Karl hatte sie in etwas heftiger Weise widerlegt. Ach, heute wußte sie nur zu gut, daß Tolstois Kampf mit sich selbst in Wahrheit große

Kraft und bewundernswerten Mut brauchte. Den gleichen Kampf hatte Carola nun täglich und immer von neuem gegen sich selbst zu führen, und sie spürte, daß der Sieg in weiter Ferne lag.

Nochmals zwang sich Carola, ihre Gedanken umzuschalten. Sie rief sich Bernhard Merzbachs Bild in Erinnerung. »Vielleicht werde ich ihn sehr lieben können«, sang es in ihr.

Da war sie bereits an der Straßenkreuzung angelangt, wo er sie erwarten sollte. Näherkommend sah sie ein Auto, daneben einen fremden Menschen – war es Bernhard? Entsetzt starrte sie den Unbekannten an. Sie fühlte, daß nichts, aber auch gar nichts sie mit diesem Manne verband.

Höflich grüßte er die Zögernde und war ihr beim Einsteigen behilflich. Bedrückt schwiegen zunächst beide. Er ist von mir ebenso enttäuscht, wie ich von ihm, dachte Carola. Bald wurde das Schweigen unerträglich, und sie fühlte, wie sie diesen fremden Mann an ihrer Seite zu hassen begann, hatte nur noch den einen Gedanken, wie sie dieser unbedachten Vereinbarung ein möglichst schnelles Ende bereiten könnte.

Ehe sie noch zu einem Entschluß gelangen konnte, hielt der Wagen. Carola sah sich über eine Treppe hinaufgeleitet, sie sah eine geheimnisvoll sich öffnende Tür, ging einen Korridor entlang, hörte das Beiseiteschieben von Vorhängen und fand sich in einem prunkvoll überladenen Raum mit häßlichen Teppichen, geschmacklosen Bildern, unbequemen, steif wirkenden Stühlen, dazwischen viel Gold, viel Glas und Samt.

Carola hielt noch immer den Pelzkragen krampfhaft vor ihr Gesicht gepreßt, empfand ihn als eine Art Schutz, den ihr Bernhard alsbald behutsam entzog. Wie zwei artige Kinder setzten sie sich auf ein Sofa, vor einen Tisch, der beladen war mit unmöglichen Silberkannen und Schüsseln, die Kaffee, Sandwiches und Kuchen enthielten. Carola kam sich wie ein junges, unbeholfenes Mädchen vor, die Situation begann peinlich zu werden und sie fühlte, daß sie zu einem Ende kommen müßte, wäre es auch nur aus Feigheit. Kurz entschlossen erhob sie sich und ging aufs Geratewohl nach dem Nebenzimmer. Da sah sie sich einem Bett gegenüber, das mit seinem spitzenbeladenen Putz von geradezu unangenehmer Aufdringlichkeit war.

Unsagbar traurig und lächerlich erschien ihr dies alles, und sie mußte an eine erfolgreiche Kollegin denken, die sich im dritten Akt der von ihr mit Vorliebe gespielten Pariser Komödien in Betten dieser Art zu präsentieren pflegte. Um allen Gedanken und Betrachtungen ein rasches Ende zu setzen, begann Carola plötzlich wie unter einem unerklärlichen Zwang sich zu entkleiden. Das Knistern der fallenden Seide rief Bernhard herein und nach einem kurzen, erstaunten und gequälten Blick begann auch er, sich wortlos auszuziehen.

Carola dachte: also werde ich wieder einmal mit einem Manne im Bett liegen, und während er sich an mir entzünden wird, werde ich kälter und kälter werden, und wieder einmal erfahren müssen, daß meine mißbrauchten und gemarterten Sinne stumpf und tot sind. Wozu das alles? Was will ich hier in diesem lächerlichen Bett mit einem fremden Manne?!

Während sie die Strümpfe abstreifte, dachte sie: wäre es nur schon vorbei!, und als sie die letzte Hülle fallen ließ: wenn er nur nicht merkt, wie übel und weh mir ist!

Sie verkroch sich unter die Decke und spürte einen langsam näherkommenden Körper. Da fing es mit einem Male an, in ihren Ohren zu sausen, und fester drückte sie sich an das warme Fleisch. Ein Mund suchte den Weg zu ihren festen weißen Zähnen, und weit öffnete sie den ihren, als wollte sie einen Schrei ausstoßen. Jetzt war sein Gesicht ganz nahe und gar nicht mehr fremd, sie fühlte die Wärme seines Körpers in sich überströmen. Dann sank sie in eine samtene, tiefe Finsternis.

Ein eiskalter Gedanke – die Furcht vor einem grausamen Erwachen – riß sie hoch, doch schon ertrank sie in einem Wonnegefühl, das ihr die Tränen in die Augen trieb, ihre Finger krallten sich in seine Schultern. Und in dem Augenblick, in dem sie in der Umarmung des Mannes zu vergehen glaubte, stieß sie einen kleinen, hellen Schrei aus, einen Schrei der Erlösung, des Triumphes.

Dann lagen sie beide still, erstaunt und überwältigt von der Stärke des Erlebten. Nach einer kleinen Weile sagte sie mit klarer, fester Stimme: »Du bist meine Heimat.«

So stark und tief war der Rausch gewesen, daß ihr die Worte unbewußt von den Lippen kamen und sie aufschreckte vor dem Klang ihrer Stimme. Sie sah in das jetzt über sie gebeugte Gesicht und soviel Liebe schien daraus auf sie niederzuströmen, daß sie wie geblendet die Augen schließen mußte. Wie zwei Kinder schmiegten sich die beiden Lebensläufer aneinander, einer nach dem andern greifend, als wären sie nach tausend Jahren Wandern durch die trüben Wasser an den rettenden Stein gelangt.

»Ich bin vierzig Jahre alt«, sprach Carola, »und doch wurde es mir erst heute gewiß, daß ein Mensch im andern die verlorene Heimat finden kann.«

»Ich bin fünfzig Jahre alt geworden«, sprach der Mann, »aber niemals wußte ich es so klar wie heute, daß die Suche nach einem andern Menschen nicht eher aufhören darf, bis man erlebt hat, was ich jetzt erlebe.«

Er zog sie an sich, ihre Arme umfingen seinen Körper und beide empfanden das Verhängnis der Unlösbarkeit ihrer Liebe. Sie fühlten, wie das Schicksal sie durch tastende Freundschaft und wachsende Zuneigung gegeneinandergetrieben, und sie plötzlich wie mit einem Hammerschlag zusammengeschmiedet hatte, und über beide kam die Furcht vor der Leidenschaft.

# 2

Carola hastete die Treppe hinunter, mit der Linken wieder krampfhaft den Pelzkragen vor das Gesicht haltend. Der Abschied war eilig gewesen, beinahe kühl. Der Zeiger der Uhr war unbegreiflich rasch gewandert, die späte Stunde hatte sie aufgescheucht aus wortloser Versunkenheit. Friedrich Karl verlangte Pünktlichkeit, und wenn sie sich eilte, konnte sie gerade noch ein anderes Kleid überwerfen und mit einem letzten Blick den Tisch überprüfen, der heute abend, da sich die Familie Wolfsberg um ihn versammelte, tadellos gedeckt sein mußte.

Sie trat auf die Straße, blinzelte in die Lichter und spähte nach einem Auto aus. Kein Auto weit und breit. Die Ungeduld und die Angst, sich zu verspäten, trieben ihr Kälteschauer über den Rücken. Sie fühlte sich müde, ausgebrannt, unfähig, die Wirklichkeit zu erfassen, so daß sie ein vorüberfahrendes leeres Taxi erst gewahrte, als es beinahe schon um die nächste Ecke gebogen war. Sie rief und winkte und lief schließlich hinter dem Wagen her, bis der Lenker sie bemerkte und anhielt. Im gleichen Augenblick kam von der anderen Richtung ein Fuhrwerk, und Carola, einen Haken schlagend wie ein Hase, entging nur knapp der Gefahr, niedergestoßen und überfahren zu werden. Dabei fiel sie hart auf das schmutzige Pflaster. Doch die Angst, zu spät zu kommen, ließ sie wieder emporschnellen, die Gefahr, in der sie sekundenlang geschwebt hatte, kam ihr jetzt nicht zu Bewußtsein, sie warf sich in die Autodroschke, atemlos rief sie dem verdutzten Lenker das Fahrtziel zu. Der Wagen sauste davon und jetzt erst fiel der Schreck hemmungslos über sie her.

Wenn sie in dieser Straße verunglückt wäre, in der kein Geschäft zu sehen war, das als Vorwand hätte dienen können, wenn man sie hier tot aufgelesen hätte! Vielleicht hätte dies Rettung bedeutet: Flucht aus aller Not und Pein, aus altem und neuem Chaos. Vielleicht lag hierin die einzige Möglichkeit, den Sinn allen Geschehens zu erkennen?!

Das Surren des Motors setzte aus, der Wagen hielt. Besorgt sah der die Tür öffnende Chauffeur Carola an. »Mir ist nichts weiter geschehen«, erwiderte sie, ohne eine Frage gehört zu haben. Der Mann war ihr beim Aussteigen behilflich, und sie entlohnte ihn überreichlich, da sie in seinen Augen Teilnahme zu lesen glaubte.

Der linke Fuß schmerzte ein wenig, als sie auf der Treppe Fräulein Lya Ball begegnete, die eben von der Privatwohnung herunterkam und offenbar in die Ordinationsräume wollte. Lya Balls blutrote Lippen lispelten erschreckt etwas Unverständliches mit geziertem Bedauern. Dadurch erst wurde Carola darauf aufmerksam, daß ihr Mantel ganz beschmutzt und ihr Gesicht blutbefleckt war.

»Der Herr Professor ist schon sehr ungeduldig und kann sich die Verspätung der gnädigen Frau nicht erklären – doch kein ernstlicher Unfall – darf ich helfen?« Lyas gepolsterte Hände mit den gespitzten, blanken Nägeln bemühten sich um Carola, die aber liebenswürdig vor der neuesten Hilfskraft Friedrich Karls zurückwich und nach ihren Zimmern hinauflief. Sie warf die Kleider ab, stand einen Augenblick vor dem Spiegel und sah auf den nackten Leib, den Bernhard kurz zuvor mit soviel Liebe bedeckt hatte, riß Wäsche und ein Kleid aus dem Schrank und hatte mit den geübten Händen der Schauspielerin in wenigen Minuten ihre Toilette beendet.

Zwei Zimmer weiter schlugen ihr schon erregte Stimmen entgegen. Sie öffnete die Tür: da waren sie alle versammelt, die Carolas Leben neugierig belauerten, ihr auf Schritt und Tritt Fußangeln zu legen bemüht waren, jederzeit bereit, die Schauspielerin zu demütigen und den Alltag zu verherrlichen, dem sie selbst hörig waren. In ihrer Mitte stand Friedrich Karl, groß, schlank, ein kluger Kopf mit mächtig vorspringender Nase und scharfen Augen: der berühmte Arzt, zu dem von überallher die Leidenden pilgerten. Sein Gesicht war in letzter Zeit merkwürdig verfallen und sein Pech bei Operationen peinlich geworden. Seine Hände, klein und fest mit den verwaschenen Fingern des Chirurgen, flatterten wie ängstliche Vögel durch die Luft, dann fing die Linke die Rechte ein, eine Bewegung, die zur Karikatur herausforderte und jedermann bekannt war.

Friedrich Karls Bruder Max, der die vom Vater ererbten Tuchwebereien zusammen mit dem jüngsten Bruder ausgebaut und vergrößert hatte, so daß seine Fabriken heute das ganze Land mit ihren Erzeugnissen überfluteten, stand ihm gegenüber. Die

Nase, die bei Friedrich Karl fast spanisch wirkte, mit einem Zug ins Galante, strebte bei Max ein wenig nach der Seite und verlieh dem kleineren Mann einen hämischen Ausdruck. Bei Albert, dem Jüngsten, der ungefähr in Carolas Alter war, wirkte sie besonders häßlich, hing störend über die vollen Lippen herab.

Die drei Brüder standen einander wie im Kampf gegenüber. Doch Carola wußte, seit Jahren in den Gebräuchen der Familie bewandert, daß der Streit lediglich um abstrakte Dinge ging und ebenso schnell beendet sein würde, wie er begonnen hatte, ohne eine Verstimmung zu hinterlassen. Mit einigen Worten der Begrüßung und der Entschuldigung trat sie rasch auf Friedrich Karl zu, der aber augenblicklich von der Debatte zu sehr in Anspruch genommen war, um Carola besondere Beachtung zu schenken. So wandte sie sich nach der Ecke, wo in bequemen Stühlen die Frauen der Brüder und die unverheiratete Schwester, nach der neuesten Mode gekleidet, lässig und lächelnd saßen.

Auf Marie Luises Vogelgesicht, das des Nachts zur Verhütung von Runzeln unter einer starren Decke von Salben lag, spielte jetzt ein mokantes Lächeln, das etwa sagen wollte: Natürlich, Schauspielerinnen brauchen nicht gut erzogen zu sein, sie dürfen zu spät kommen. Bertchens Augen hingegen glitzerten wie schwarze Jettknöpfe, während Adela abweisend ihre lange Perlenkette abtastete.

»Ich bitte um Entschuldigung«, sagte Carola, »ich hatte einen kleinen Unfall.« In diesem Augenblick fühlte sie etwas Warmes an ihrer linken Schläfe und konnte auf einige Blutstropfen hinweisen, die ihr den Gefallen taten, für sie zu zeugen. Der Beweis genügte und entschuldigte sie. Alltägliche Redewendungen glitten an Carolas Ohr vorbei, sie fühlte, wie sie wieder in ihren Traumzustand versank. Die Gäste erschienen ihr als blasse Schemen, es war ihr, als säße sie in der einen Schale einer großen Waage, die Familie in der andern, und so flog sie auf und ab – ihr schwindelte. Nur mit Mühe zwang sie sich, den nichtssagenden Reden der Frauen zu folgen.

Da wurde die Tür geöffnet: Annemie Löwenthal und ihr Mann traten ein. Im gleichen Augenblick wurde Carola von einem Schmerz durchzuckt: es war ihr plötzlich eingefallen, daß sie vergessen hatte, mit Bernhard ein Wiedersehen zu verabreden. Das Gefühl war so heftig, daß sie erblaßte und den lauernden Frauen einen Anblick der Verzweiflung bot.

Arno Löwenthal, der die wohlhabende Cousine Friedrich Karls geheiratet hatte, um sich nach einer traurigen Jugend eine Versorgung zu sichern, fühlte sich als Autor einiger kleiner Bücher und unbedeutender Aufsätze Carola durch eine Art Kameradschaft verbunden, was von den Familien mit Argwohn bemerkt wurde. Annemie mit ihrer hohen linken Schulter hätte den Gatten wohl kaum zu besonderer Treue verpflichten können. Auch ihr Ohrenleiden war in letzter Zeit schlimmer geworden, so daß sie sich zum ständigen Gebrauch eines Hörapparates hatte entschließen müssen. Sie trug ihn in Form eines gefälligen Köfferchens vor sich her und ließ ihre schrille Stimme, die sie nicht mehr zu kontrollieren vermochte, durch das Zimmer gellen.

Ohne Gruß stürzte sie auf Carola zu: »Du mußt, du mußt Rot auflegen, wenn du so blaß bist. Auch dein Kleid – laß mal rückwärts sehen – viel zu lang. In Paris trägt man sie jetzt wieder kürzer.« Eitel auf dem Absatz sich drehend, ließ sie ihre armen verwachsenen Beine sehen, die sie, weil besonders dünn, offenbar für schön hielt. Wobei sie allerdings von ihren breit ausladenden Hüften, die sich darüber wölbten, nichts wissen wollte. Ihrer hohen Schulter schrieb sie einen pikanten Reiz zu und war stolz auf ein leidlich hübsches, von blondem Haar umrahmtes Gesicht. Ihr neues Kleid, eine Zusammenstellung der letzten Modetorheiten, riß die Frauen zu Ausrufen des Entzückens hin, während sie sich des Kicherns kaum enthalten konnten und sich unter dem Tisch mit den Beinen anstießen. Annemie näherte sich den Frauen, ihr Hörköfferchen vor sich hinhaltend, um sich an den ihr gespendeten Ausdrücken der Bewunderung zu weiden.

Arno hatte sich Carola genähert.

»Die Proben strengen dich wohl an?«

»Nein.«

»Aber du bist so blaß.«

»Es mag sein, daß die Proben mich anstrengen, aber in anderer Art als du meinst.«

Mit einem flüchtigen Blick auf die Frauen, die um Annemies Köfferchen versammelt waren, und auf die Männer, deren Streit wieder lauter wurde, gingen die beiden in die andere Zimmerecke, wo zwei große Lehnstühle unter einer Stehlampe sie anzogen. Arno bemühte sich, in Carolas Zügen zu lesen, in denen für ihn stets etwas Rätselhaftes lag.

Der von den beiden Gruppen ausgehende Lärm war jetzt derart angeschwollen, daß die beiden in ihrer Ecke wie hinter einer Wand saßen, über die nur manchmal die schrille Stimme Annemies herüberflatterte.

»Geht es mit der Arbeit nicht gut vorwärts?« fragte Arno, und in seiner Stimme war ein aufrichtiger Ton, der Carola zu einer Antwort zwang.

»Ich arbeite überhaupt nicht. Die Rolle der Judith, die ich vor fünfzehn Jahren zum erstenmal gespielt habe, hält mich wie mit eisernen Klammern fest und zwingt mich, die einst aus dem Erlebnis gestalteten Gesten marionettenhaft nochmals zu vollführen. Inzwischen habe ich den Krieg und die Inflation miterlebt, bin ein anderer Mensch geworden – ich weiß nicht, ob besser oder schlechter – und soll mich nun unter die alte tönerne Form pressen lassen, die über mir wie eine Glocke liegt. Zuerst wehrte ich mich und wollte mich von dieser Form befreien, sie zertrümmern, aber in der Freiheit kam ich mir verlassen und hilflos vor und so kroch ich wieder feige und verängstigt unter die schützende Hülle zurück. Kannst du das verstehen?«

In dem Blick Carolas lag eine tiefe Angst, die Arno nicht begreifen konnte.

»Du bist doch eine große Künstlerin und machst dir zuviel Gedanken über Dinge, die außerhalb unserer Macht liegen. Ich bin überzeugt, daß dein Spiel morgen ein Triumph sein wird.«

Carola hatte ihn erwartungsvoll angesehen, doch jetzt bekam ihr Gesicht unvermittelt tiefe Schatten, war erloschen wie das Antlitz einer Greisin.

»Auf meinen Angstschrei erwiderst du mit einer Redensart; aber etwas anderes konnte ich von dir nicht erwarten.«

Das Mädchen kam und meldete, daß das Essen bereit wäre. Die Gruppen lösten sich. Der Professor haschte nach seiner rechten Hand, barg sie in der Tasche und eilte voraus. Obwohl er wissen konnte, daß er keinen Grund zum Tadel haben würde, trieb ihn doch immer wieder die Neugierde festzustellen, ob sich seine Frau vor der Familie keine Blöße gäbe. In diesem

Augenblick öffnete der alte Onkel Emil die Tür und ließ die greise Tante Minnchen mit einem »Ach du meine Güte, fast zu spät gekommen« eintreten. Eigentlich hatte man sie gar nicht vermißt und war darüber ein wenig beschämt, besonders Annemie, die von den alten reichen Leuten öfters beschenkt wurde; sie eilte schnell herbei, um sie mit Ausrufen und Küssen zu begrüßen.

Carola bemühte sich, die immer noch streitenden Brüder zu trennen und machte der Debatte schließlich dadurch ein Ende, daß sie die Frauen zwischen die Männer placierte. Die beim Entfalten der Servietten entstandene Stille stand jetzt in beinahe bedrückend wirkendem Gegensatz zu dem lauten Stimmengewirr von vorher.

Carola saß starr und kerzengerade. Albert unterbrach die Stille:

»Wie steht's mit deiner Premiere?«

Friedrich Karl übernahm die Antwort und rief: »Weshalb sollte Carola besorgt sein, sie hat doch die Judith bereits über hundertmal gespielt!«

Carola entgegnete: »Eben deshalb bin ich besorgt!«

Aber Friedrich Karl, der nie duldete, daß sich die allgemeine Aufmerksamkeit allzu deutlich Carola und dem Theater zuwandte, erstickte jeden weiteren Einwurf durch ein: »Ach Unsinn, Hysterie!«

So überließ man sich wieder mit Eifer den Freuden der Tafel und dem banalen Geschwätz, die Frauen schwelgten in ihrem gewohnten Klatsch und selbst die streitbaren Brüder beteiligten sich jetzt gerne an dem gleichmäßig dahinplätschernden Geplauder. Carola konnte schließlich in diesem Stimmengewirr, das nur von Zeit zu Zeit von Annemies klirrenden Ausrufen übertönt wurde, nichts mehr unterscheiden. Wieder sang es in ihr: »Ich liebe einen Mann«, und wie unter einem Zwang sagte sie vor sich hin: »Ich liebe einen …«, doch als sie das Wort »Mann« aussprechen wollte, wurde sie sich der Wirklichkeit bewußt und verstummte.

Nur Annemie, die in Carolas Nähe saß, hatte sie beobachtet, stellte ihr Köfferchen vor sie hin und fragte: »Was sprachst du soeben vor dich hin?« Carola, die wie alle, die mit Annemie sprachen, das Köfferchen anzureden gewohnt war und nicht seine

Besitzerin, rief dem Koffer zu: »Ach, ich dachte soeben an meine Rolle!« – »Du Glückliche«, girrte Annemie, »du bist zu beneiden«, und bevor Carola noch hätte antworten können, zog sie ihr Köfferchen fort, da sie ein Gespräch entdeckt zu haben glaubte, das ihr wichtiger schien.

Das Gewirr der Stimmen ließ nach, das Essen ging zu Ende. Man erhob sich und griff zu Zigarren und Zigaretten. Carola spähte nach den beiden Alten aus. Sie saßen in einer Ecke, dicht aneinander geschmiegt.

»Bernhard und ich, wenn wir alt sein werden –«, dachte sie und setzte sich zu dem stillen Paar. Marie Luises Worte flogen ihr nach. »Da geht die Gojte wieder zu den alten Juden, ich möchte nur wissen, was die miteinander gemein haben!«

Da die Herren sich eben Kognak einschenkten und die Frauen mit der Überprüfung der genossenen Kalorien beschäftigt waren, fand dieser Ruf keinerlei Echo.

Onkel Emil und Tante Minnchen saßen Hand in Hand: »Kommst du zu uns altmodischen Leuten?«

»Ja«, sagte Carola, »ihr seid gut und darum bin ich gerne bei euch!«

»Hör' mal«, wisperte Onkel Emil und machte listige Äuglein, »ich habe mein Geld verloren, damit du es nur weißt!« Und Minnchen fügte hinzu: »Wir haben es noch niemand gesagt, aber uns bleibt nur noch das nackte Leben. Aus is' mit die Geschenkers!«

Carola ergriff Tante Minnchens Hände: »Ihr werdet doch nicht etwa Not leiden?«

»Nein, nein«, knurrte Onkel Emil, »nur nix zu erben wird's geben und keine Geschenkers.« Carola lachte: »Geschenkers habt ihr mir nie gemacht, also berührt mich das nicht. Aber was kann ich für euch tun? Ich gehöre so wenig zur Familie, daß ich mich immer ins Unrecht setze, wenn ich mich in solche Angelegenheiten einmenge; doch was ihr von mir verlangt, wird geschehen und gerne geschehen! Kann ich euch irgendwie helfen?«

»Sieh, sieh«, rief Tante Minnchen, und Onkel Emil bohrte nachdenklich im Ohr und meinte: »Hätte das gar nicht von dir gedacht! Bist ein gutes Kind! Aber zur Familie gehörst du nicht, weil keine Kinder da sind, verstehste, und weil du so eine sonderbare Art hast. Ma' kennt dich und ma' kennt dich nicht. Hast zwei Augen, zwei Füß', zwei Händ', aber dein Kopf ist von wo anders her.«

»Höre, Onkel Emil«, sagte Carola, »ihr seid eben meine Art nicht gewohnt. Ich bin doch immer so fremd unter euch, ich glaube, weil ich Schauspielerin bin« – ihre Stimme wurde ganz hoch vor verhaltenen Tränen –, »aber ich habe doch stets alles getan, um euch zufriedenzustellen und dachte stets, meine Liebe zu Friedrich Karl werde eine Brücke sein zwischen euch und mir. Aber die Brücke hing ewig in der Luft und der Strom darunter schwoll immer mehr an. Ihr seid unduldsam, ja, das seid ihr! Warum eigentlich hassen mich die Schwägerinnen? Weil mich alle jene Fragen, die ihren Lebensinhalt ausmachen, nicht berühren. Ich habe nichts dafür übrig, wenn es sich darum handelt, den Ruf einer anderen Frau zu vernichten, mich interessieren die Fehler der anderen so wenig.«

Jetzt zog Onkel Emil den Finger drohend aus dem Ohr.

»Ich will damit keineswegs sagen, daß Klatschsucht etwa eine besondere jüdische Eigenschaft ist, ich sehe darin vielmehr einen Ausdruck der seelischen Leere dieser bürgerlichen Frauen, die in ihrem gesicherten Leben niemals Kampf gekannt haben und sich so lange mit allen Genüssen des Lebens vollstopfen, bis sie am Ende Gift von sich geben müssen.«

Onkel Emil saß sprachlos da und Tante Minnchens verblichenen Vergißmeinnichtaugen war ein förmliches Erschrecken vor Carolas harten Reden anzumerken. Unbeirrt fuhr Carola fort: »Ihr beide seid anders, denn ihr seid arm gewesen, habt gearbeitet und erfahren, daß Hunger mehr ist als ein literarischer Begriff. Darum verliert ihr jetzt, da euch ein Unglück trifft, auch nicht gleich die Fassung.«

»Meinste, Geld verlieren ist ein Unglück?«

»Schon diese Frage beweist mir, daß ich recht daran tat, offen mit euch zu sprechen.«

»Und dein Mann?«

Carola sank zusammen, hatte sich aber sofort wieder in der Gewalt: »Mein Mann ist ein berühmter Chirurg, und man muß es ihm verzeihen, daß er für Fragen der Seele keine Zeit findet. Im übrigen hat er mich geliebt und ich ihn.«

»Hat, hat! sagt se«, wimmerte Tante Minnchen.

»Ach was«, ereiferte sich jetzt Carola und verzerrte ihren

Mund zu einem Lächeln, »ich glaube fast, ihr wollt nur eine Christin, die sich zu euch gesellt, das entgelten lassen, was ihr durch die Grausamkeit der Christen jahrhundertelang an Bitternis und Pein erdulden mußtet –«

Als Carola das Entsetzen der beiden Alten über ihre Worte bemerkte, unterbrach sie sich: »Übrigens ist das alles Unsinn! Wollt ihr mir nicht lieber von eurem Verlust erzählen? Vielleicht läßt sich noch etwas retten!«

Onkel Emil legte den Kopf auf die Seite und glich so einem listigen Elefanten: »Ja, ich will's euch sagen. Hör' zu, Friedrich Karl«, rief er, während seine Rechte Carolas Hand leise und unbewußt streichelte, »ich habe vorige Woche für mein ganzes Geld Julius Meyer-Aktien gekauft.«

Die dünne Greisenstimme hatte jetzt die Macht einer Trompete, es wurde still, nur Annemie klappte das Hörköfferchen erwartungsvoll auf.

»Da bist du doch total pleite«, stammelte Max, »bei der heutigen Börse!«

Ein ungeheurer Tumult brach aus. Die Familie bildete einen Chor, der durch die Rufe »Julius Meyer«, die von Zeit zu Zeit deutlich herauszuhören waren, in seiner Intensität mehr und mehr gesteigert wurde. Die helleren Stimmen der Frauen behielten die Führung, allen voran Annemie. »Julius Meyer« nahm vom Zimmer Besitz wie ein Schwarm lästiger Insekten, der die Wände hinaufkroch, auf und nieder schwirrte, den venezianischen Kronleuchter umtanzte; selbst die Glühbirnen schienen mitzutanzen, und die flackernde Kerze auf dem Zigarrentischchen verlosch. Carola floh ins nächste Zimmer, doch auch dorthin verfolgten sie die Rufe »Julius Meyer«, und so ging sie weiter, gelangte in das Schlafzimmer, setzte sich auf das Ruhebett, legte den Kopf auf die Arme, die ein geliebter Mund geküßt, und während sie die Erinnerung an das Erlebnis des Nachmittags brennend heiß durch ihr Blut rinnen fühlte, flüsterte sie »Heimat« und schlief ein.

## 3

Es war spät nachts geworden, als Friedrich Karl seine Frau wie ein Bündel Kleider auf dem breiten Bett fand. Ihr Verschwinden war im Tumult zunächst nicht bemerkt, dann aber mit der Premiere erklärt worden. Man hatte einander angejammert und sich beschimpft, Tante Minnchen und Onkel Emil waren bald wie zwei kleine verlorene Steine in den Strudel hineingezogen und von den Wellen der Entrüstung weggespült worden. Schließlich war man übereingekommen, Carola zu bitten, Merzbach für den Fall zu interessieren, in der Hoffnung, daß der mächtige Bankier vielleicht retten könnte, was noch zu retten war.

Mißmutig betrachtete Friedrich Karl die schlafende Frau. Sein Gesicht, das sich bis zuletzt unter einer Maske der Zufriedenheit verborgen hatte, fiel jetzt aus dieser Hülle heraus, und er kam sich im Spiegel so elend vor, daß er zurückschreckte. Carola erwachte jählings, hastete aus ihren Kleidern und kroch betäubt unter die Decke.

Bald merkte sie, daß Friedrich Karl an ihrer Seite lag. »Ehebett, gräßlichste Folter«, ging es Carola durch den Kopf, »immerwährende Zusammengehörigkeit erzwingend, wo keine innere Beziehung mehr besteht!« Sie wagte nicht, sich zu regen, denn jede ihrer Bewegungen hätte sein nie erloschenes Begehren nach ihr auslösen können, und sie fühlte, daß sie einen jener Überfälle, wie sie sich in der Regel abspielten, heute nicht ertragen hätte.

Friedrich Karl stöhnte und wälzte sich auf die andere Seite. Carola empfand einen Hustenreiz, doch wagte sie nicht, ihm nachzugeben. Sie schluckte und spannte ihren ganzen Willen an, sie spreizte die Zehen, der kalte Schweiß lief ihr über die Stirne. Der Hustenreiz schwand und Friedrich Karl warf sich abermals herum, doch da merkte sie an seinen gleichmäßigen Atemzügen, daß er eingeschlafen war. Ganz leise und vorsichtig glitt sie an den Bettrand und fühlte, wie ihre Gedanken anfingen, sich zu verwirren, als der Ruck, mit dem der Mann an ihrer Seite abermals seine Lage wechselte, sie hochfahren ließ. Wieder zwang sie sich einzuschlafen, bis sie an der Grenze zwischen Wachen und

Träumen durch die immerwährende Unruhe Friedrich Karls endgültig aus dem Halbschlaf gerissen wurde. Sie kannte die fürchterlichen Nächte, in denen Friedrich Karl sich unaufhörlich im Bette hin und her wälzte. Eine grauenhafte Qual, ähnlich der chinesischen Folter, die den Verbrecher immer wieder aus dem Schlafe schreckt und ihm keine Ruhe gönnt. Behutsam setzte sie sich auf. Lieber wachen als dieses jähe Aufschrecken, das ihr Herz wie rasend schlagen ließ. Sie hörte den Atem des Schläfers und sah seine Umrisse im fahlen Licht, das eine Lampe von draußen durch das Fenster warf.

Seit fünfzehn Jahren lag sie nun an seiner Seite, im Anfang glücklich, diesen Mann gefunden zu haben, der ihr nach einem unruhigen Leben das Nest einer behaglichen Bürgerlichkeit bot. »Ich war sehr allein«, dachte sie, »als ich ganz jung war. Warum nur war ich so allein?« Sie zog die Decke behutsam höher, Friedrich Karl lag jetzt mit abgewandtem Gesicht. Da meinte sie, daß jetzt, wo der Mann sie nicht mehr belauern konnte, die rechte Zeit gekommen war, endlich Ordnung in ihre wirren Gedanken zu bringen, was ihr schon seit Jahren nicht hatte gelingen wollen.

»Woran dachte ich eben«, fragte sie sich. »Richtig: Ich war so allein, warum nur? Vater und Mutter waren frühzeitig gestorben, nachdem sie sich tagaus tagein gezankt hatten. Ich blieb verlassen zurück, Geld war auch keins mehr da, der Onkel wollte, daß ich das Lehrerinnenexamen machen sollte. Ich aber ging zu einem alten Komödianten und sprach ihm vor. Wie er mich anstierte in seiner schmutzigen Joppe und förmlich nach mir schnappte! Bald darauf verführte mich der gute Onkel Fritz – ach nein, ich selbst gab mich ihm hin, getrieben von der Neugierde zu erfahren, was wohl hinter dem großen Geheimnis wäre. Und als er mich dann mit seinem Speichel besabberte, konnte ich nicht begreifen, daß dies die Liebe sein sollte.«

»Carola, Carola, was für ein sentimentales Geschwätz! Du willst doch nicht eine rührende Geschichte für junge Mädchen erzählen oder gar dahin gelangen, dich selbst zu bemitleiden. Nein, hart sein und nüchtern, einfach eine Rechnung aufstellen mit Wollen und Haben. Als du ohne Geld zurückbliebst, mußtest du einen Beruf wählen. Du ahntest, daß es irgendwo in der Welt freiere Luft gab, als in dieser Umgebung im Dunst der Spießer. In deiner ersten Liebeserfahrung hattest du eben Pech, wie es ja vielen so geht. Du kamst bald darüber hinweg. Dann gab es Arbeit – Arbeit und Entbehrungen. Deine ersten Liebeserlebnisse hatten dich geschreckt und so hieltest du dich leidlich und warst vorsichtiger geworden. Keine Ursache also, auf sogenannten moralischen Lebenswandel stolz zu sein. Für Vergnügungen blieb noch Zeit, bis man erst etwas erreicht haben würde, bis man den ersten Gipfel erklommen hätte. Wann war man so weit? Nie! – Dann die Bekanntschaft mit Friedrich Karl. In jenen ersten Nächten die Gewißheit, daß die Vereinigung mit einem Manne herrlich sein kann. Wo aber war dieses Gefühl jetzt geblieben und wann war es geschwunden? Denk nach, Carola!«

Friedrich Karl war niemals treu, auch das mag hingehen und geschieht alle Tage. Als sie ihn ertappt hatte, blieb sie ganz kühl; sie hatte niemals daran geglaubt, daß Männer treu sein könnten. Warum also nahm sie jetzt die Wirklichkeit, die sie vorausgesehen hatte, so schwer? Zwei Möglichkeiten gab es: sich von ihm trennen oder schweigend sich mit den Tatsachen abfinden. Die dritte Möglichkeit, die Dulderin zu spielen und täglich Freunden ihr Schicksal vorzujammern, nein, die lag ihr nicht. Also stand sie vor der Frage: soll ich gehen oder bleiben? Soll ich darüber hinwegsehen, wie man eben einem geliebten Menschen gewisse Schwächen verzeiht?

Carola war geblieben. Im Anfang war es schmerzlich, es brauchte Zeit, die nötige Gleichgültigkeit zu erringen, dann aber, als sie endlich nach langen Kämpfen soweit war, fühlte sie, wie jedes tiefere Empfinden für Friedrich Karl verlöscht – ausgelöscht war.

Es begann die Zeit, da sie Friedrich Karls Ekstasen wie eine bittere Pflicht ertrug. Die Arbeit half ihr über vieles hinweg, die Bühne bot Ersatz für die Enttäuschungen des Lebens. Der Rausch, den die Nächte mit dem Manne nicht brachten, sie empfand ihn des Abends in ihrem Spiel, da Worte und Klänge ihn auslösten. Friedrich Karls Begehren blieb unvermindert bestehen, trotz der anderen Frauen und der verstrichenen Jahre. Vielleicht reizte ihn das Geheimnis des Widerstandes, den er hinter der Hingabe der Frau vermutete und sich nicht recht erklären konnte. Sie hätte ihm sagen können, daß ihre Seufzer durch kalten Willen erzeugt wurden, einfach, um den Mann in seiner Männlichkeit nicht zu kränken und zu enttäuschen. Aber sonderbar: nicht die Besorgnis, das gesicherte Heim und die soziale Stellung zu verlieren, veranlaßte sie zu dieser Täuschung, sondern immer noch die Liebe zu dem Mann, an dem sie wirklich hing. In Wahrheit führte sie während dieser ganzen Jahre ihrer Ehe das Leben einer Nonne. Sie empfand für Friedrich Karl die fürsorgende Zärtlichkeit einer Mutter, fernab aller Erotik. Häßliche Witze, das Liebesleben der Tiere erfüllte sie mit Scham und sie konnte erröten wie ein unschuldiges Mädchen. Nur indem sie jedes Gefühl ausschaltete, gelang es ihr, die Nächte an seiner Seite zu ertragen und die körperliche Vereinigung als wesenlos hinzunehmen. In der Entrücktheit dieser Stunden tat sie alles, was seine Laune von ihr verlangte, ging auf seine tollsten Einfälle ein, als handle es sich nur darum, auf einer Wiese Blumen zu pflücken und sie ihm als Strauß zu überreichen.

Sein Beruf, der einen vielleicht vorhandenen sadistischen Zug in ihm begünstigte, hatte seine Reizbarkeit gesteigert und des Nachts suchte er seine aufgepeitschten Nerven durch tolle Exzesse zu beruhigen. Doch auch nach diesen Nächten erhob sich Carola morgens rein und frisch, kaum der Begierden sich bewußt, denen sie hatte dienstbar sein müssen.

In jener Zeit war ihr Spiel kalt und klar wie Kristall geworden. Sie wußte, daß sie über ihr Leben, über das, was mit ihr geschah, nicht nachdenken durfte, sonst wäre sie erwacht, und die Folgen dieses Erwachens waren nicht auszudenken. Sie arbeitete und spielte wie in Trance von dem einzigen Willen beherrscht, die Wirklichkeit ihres Lebens zu vergessen: das Erwachen mußte fürchterlich sein. Auf Schritt und Tritt wurde sie von der Familie belauert, teils aus Angst um den Bruder, teils aus Sensationslust. Doch konnten sie nichts Verdächtiges entdecken, das Geheimnis um Carolas Sinnenleben nicht erraten, wenn auch eine gewisse Unstimmigkeit in Carolas Gehaben nicht ganz zu übersehen war.

Später, nach Jahren – Friedrich Karl war zu einem Kongreß ins Ausland gefahren – lernte Carola einen jungen, unbedeutenden Menschen kennen, dessen sorglose Heiterkeit sie erfrischte. Als er zufällig die Hand auf ihren Arm legte, wachte sie durch diese Berührung aus ihrem Dämmern auf und kam ihm bewußt entgegen. Der blonde Jüngling fühlte sich bald geschmeichelt ob seines schnellen Erfolges bei der berühmten und eleganten Frau.

Doch kaum lag sie wirklich in seinen Armen, erwachte sie und wußte, daß der Versuch, bei anderen das wiederzufinden, was sie für Friedrich Karl verloren hatte, mißglückt war. Sie empfand keinen Ekel, nur Zorn und bitteren Schmerz, daß es ihr nicht gegönnt sein sollte, zu erleben, was jede Frau erleben muß, um nicht zu verzweifeln und zu verhärten. Der glückliche Liebhaber ahnte nichts von Carolas zwiespältigen Gefühlen und war überzeugt, die Frau durch seine Persönlichkeit erobert zu haben. Carola saß frierend in ihrem Heim. Sie begriff es nicht, konnte die Grausamkeit ihrer Natur nicht fassen und schrieb ihre Enttäuschung der häßlichen und ihren Schönheitssinn verletzenden Umgebung zu, in der sich alles abgespielt hatte.

Während der etwa dreiwöchigen Abwesenheit Friedrich Karls versuchte Carola wiederholt, in den Rausch zurückzufinden. Sie genoß die Liebe des Jungen wie eine Medizin, schenkte dem Manne die schönsten Stunden seines Lebens und tauschte dagegen nur die Gewißheit ein, einzig und allein Friedrich Karl zu lieben.

Ihr Mann kam zurück und sie empfing ihn voll Freude. Die erste Nacht schenkte ihr ein wohliges Glücksgefühl. In den folgenden Nächten, die er müde von der Reise und wunschlos durchschlief, empfand sie beinahe Sehnsucht nach seiner Umarmung. Aber eines Abends holte er sie finster und böse vom Theater ab und richtete im Auto unvermittelt die Frage an sie, ob sie zu dem jungen Manne in Beziehungen stünde. Carola verweigerte die Antwort und erklärte, erst zu Hause darüber sprechen zu wollen. Daheim angelangt, beantwortete sie seine wiederholte Frage mit einem klaren Ja und sah ihm dabei offen ins Gesicht. Auf dem Tisch war ein Imbiß vorbereitet, ein Teller kalten Fleisches, der mit einem zweiten Teller bedeckt war. Mit geballter Faust hieb Friedrich Karl auf die Teller ein und zertrümmerte sie, daß die Splitter im ganzen Zimmer umherflogen. In höchster Erregung schrie er ihr »Dirne!« ins Gesicht, stürzte nach den Ordinationsräumen und sperrte sich ein. Carola war zurückgeblieben und mußte unwillkürlich lächeln. Sie empfand den theatralischen Klang des Zurufes »Dirne« und hörte ein unerträgliches Pathos aus seinen Vorwürfen heraus.

Doch bald schwand ihre Überlegenheit, und die Reue befiel

sie, einen Mann betrogen zu haben, den sie immer noch lieben mußte und dem sie trotz allem ergeben war.

Wie konnte sie ihm die Notwendigkeit dieser Episode klarmachen, wie ihn überzeugen, daß sie, gepeinigt von der Kälte und dem Versagen ihres eigenen Empfindens, lediglich den Weg über einen »lieben Kerl« gesucht hatte, um zu ihm, ihrem Manne zurückzufinden, den sie wahrhaft und einzig liebte. Sie war zu sehr Frau, um nicht das Unrecht ihres Ehebruchs einzusehen. Denn die Frau, seit Jahrhunderten Eigentum des Mannes, kann einen Treuebruch nur dann vor sich selbst rechtfertigen, wenn er ihr wirkliche Befriedigung und Ruhe gibt.

Carola empfand aufrichtige Reue, und der Gedanke, Friedrich Karl jetzt zu verlieren, machte sie beben. Die Furcht davor empfand sie als eine Art Buße und war bereit, wortlos die Entscheidung ihres Mannes abzuwarten. So vergingen ein paar Tage, die Friedrich Karl in seinen im unteren Stockwerk gelegenen Arbeitsräumen verbrachte, während Carola ihr Zimmer kaum verließ. Beide mieden jede Begegnung. Als Carola diesen Zustand der Ungewißheit nicht länger ertragen konnte und schon entschlossen war, ihrerseits eine Aussprache herbeizuführen, stürmte plötzlich Friedrich Karl herein und erklärte, er könne ohne sie nicht leben.

Lange verharrte sie stumm, ein starkes Glücksgefühl durchströmte sie, dann fand sie Worte: »Ich bereue tief, etwas begangen zu haben, was sich in keiner Weise rechtfertigen läßt. Deine Frage, ob ich diesen Mann liebe, brachte mich erst richtig zum Bewußtsein meines großen Irrtums. Nie wollte ich fort von dir, nie kann ich fort von dir, nie war ich mir so sehr darüber klar, wie sehr ich dich eigentlich liebe! Laß die Vorwürfe, bitte, ich empfinde alles viel bitterer, als du es mir sagen könntest. Laß dir meine Reue genügen. Du weißt, ich bin keine Magdalenennatur und kann Vorwürfe nur ertragen, wenn ich sie mir selber mache. Ein begangenes Unrecht drückt mich so sehr, daß es meiner Natur überlassen sein muß, wieviel sie zu ertragen vermag. Ich würde sonst trotz deiner Nachsicht zugrunde gehen.«

Friedrich Karl erwiderte, er müsse sich selbst anklagen, er hätte während ihres Zusammenlebens soviel Freiheit genossen, daß es ihm nicht zustehe, Ankläger und Richter zu sein. Schließlich schloß er sie in seine Arme, und Carola empfand jene süße

Mattigkeit, die ihr wie der Vorbote eines neuen Glückes erschien.

Von diesem Tage an zeigte Friedrich Karl sich merkwürdig verändert. Er überschüttete sie mit Liebe und mit einer fast zornigen Glut, fand Zärtlichkeiten, die Carola niemals vorher von ihm erfahren hatte.

Carola war in einer seligen Stimmung. Sie ging wie in einem Rausch umher. Auf den Proben – ein neues Stück wurde eben vorbereitet – kamen ihr immer frische, unerschöpfliche Einfälle. Ihr Gang, ihre Stimme schienen verändert, die Kollegen und der Regisseur staunten über die Art ihres Spiels und in ihrer Stimme lag ein Klang von Güte und Herzlichkeit, den man sonst an ihr vermißt hatte. In einem förmlichen Taumel kam sie nach Hause und lauschte ungeduldig auf seine Schritte. Sie konnte es kaum erwarten, ihn zu sehen. Als er dann bei ihr war, las sie in seinen Augen, wie sehr er sie begehrte. Wie eine Verliebte hatte sie sich für ihn geschmückt, wartete voll Sehnsucht auf den Anbruch der Nacht.

Doch diese Nacht offenbarte ihr die ersten Anzeichen einer furchtbaren Wandlung, unter der sie noch unsagbar leiden sollte. Als sie in seinen Armen lag und sich ganz dem Glück hingab, ihm näher als sonst zu sein, riß er sie mit der Frage in ein grausames Erwachen: wie ihr Geliebter sich ihr genähert, wie er sie umarmt und geküßt habe.

Carola verstand zuerst nicht, was Friedrich Karl von ihr wollte. Doch er ließ nicht ab von seinen Fragen, forschte nach der Anzahl der Zusammenkünfte mit dem Jungen, verlangte immer genauere Aufschlüsse. Carola lag wie in einem eisigen Strom. Ihre Lippen bewegten sich mechanisch und stammelten. Sie kam sich wie ein Stück Holz vor, darauf eine unbarmherzige Axt immer von neuem einhieb. Sie krallte ihre Hände in das Betttuch, um nicht laut herauszuschreien, war krampfhaft bemüht, seinen Fragen auszuweichen und mußte sie gleichzeitig wie unter einem Zwange beantworten. Diese Marter konnte nur eine Strafe sein, zu der sie für ihren Ehebruch verdammt war.

Zunächst hatte sie geglaubt, seine Fragen hätten nur den Zweck, ihr im Liebestaumel Geständnisse zu entreißen, die er später gegen sie verwenden wollte. Doch bald mußte sie zu ihrem Entsetzen merken, daß er durch diese hartnäckigen und wiederholten Fragen nur seinen Rausch steigern wollte, bis er schließlich mit dem Ausruf: »So habe ich dich noch nie geliebt!« über ihr zusammenbrach. Dann ließ er von ihr ab und war bald danach offenbar höchst beruhigt eingeschlafen.

Carola lag starr und unbeweglich. Sie konnte noch immer nicht fassen, was sich soeben begeben hatte.

Am Morgen erhob sie sich wie zerbrochen, während Friedrich Karl strahlend und in bester Stimmung an seine Arbeit ging. Mühsam schleppte sie sich auf die Probe und war vergebens bemüht, zu ergründen, was geschehen war. Sie überhörte jedes Stichwort und glotzte wie blöde vor sich hin. Alle Beschwingtheit, alle Kraft war in ihr erstorben.

Friedrich Karls Liebesgier steigerte sich in der Folge immer mehr. Nun gönnte er ihr keine Nacht Ruhe und konnte sich nicht genugtun in der Ausmalung der Liebesstunden zwischen Carola und dem andern. Er rang ihr förmlich die Antworten auf seine Fragen ab. Carola aber war auf der Hut, erzählte immer wieder dasselbe, um sich nicht zu verraten. Je mehr sie ihr Abenteuer bereute, um so heftiger schmerzten sie die Fragen ihres Mannes.

Während sie früher sich in ein Hindämmern retten konnte und seinen Taumel unbeteiligt ertrug, ohne ihn abstoßend zu empfinden, erwachte sie jetzt zu einer grausamen Klarheit und hatte das Gefühl, daß von ihrem Körper in brutalster Weise Besitz ergriffen wurde und sie es dulden mußte. Bald erkannte sie, daß durch ihr Abenteuer Phantasien in ihrem Mann erweckt worden waren, die vielleicht schon früher in ihm geschlummert hatten und nunmehr entfesselt ihn beherrschten.

Carola betrachtete den Schlafenden an ihrer Seite und grübelte über das große Problem der Liebesgemeinschaft. Sie dachte, daß in der Liebe alles möglich sei, solange gleiche Triebe einander begegnen, und daß Auswüchse des Liebeslebens nur dann als solche empfunden werden, wenn dadurch ein Konflikt zwischen den Liebenden entsteht. Offenbar ahnte Friedrich Karl – von seinen Gefühlen fortgerissen – nichts von ihrer schmerzlichen Wachheit. Die Natur läßt zuweilen das Tier mit seinen Lüsten und Begierden im Menschen erstehen. Aber was ist schließlich in der Liebe verboten? Nichts, wenn gleichgestimmte Gefühle einander begegnen – alles, wenn der eine Teil nüchtern den Rausch des andern ertragen muß!

Das schlimmste aber war, daß sich jetzt auch noch eine andere Neigung bei Friedrich Karl herausstellte, die wohl schon lange in ihm geschlummert hatte – wie ein gestauter Strom bei plötzlich geöffneten Schleusen erst seine ganze Macht und Gefährlichkeit erweist. Er wandte seine Aufmerksamkeit in auffallender Weise einem jungen hübschen Studenten zu, dem er eine besondere Vertrauensstellung einräumte. Und bald hatte Carola die Gewißheit, daß auch hier manches geschah, was der Umgebung verborgen bleiben mußte.

Im letzten Jahr nun war Friedrich Karl von der phantastischen Sucht erfaßt worden, sich Hubert Wolgers und Carola als Liebespaar vorzustellen und entzündete an diesem Bild seine ausschweifenden Gedanken. Er war derart davon besessen, daß er seine Arbeit vernachlässigte, daß sein Aussehen verfiel. Carola litt unter dem schmerzlichen Verdacht, daß er ernstlich geistig erkrankt sein müsse. Sie flüchtete mit Andeutungen darüber zu seinen Brüdern, wurde aber schroff abgewiesen. Die Brüder, stolz auf ihre Familie, wollten keinen Skandal, auch nicht unter vier Augen. Diese Geheimnisse bedrückten sie unsäglich, und sie hütete jeden ihrer Blicke und jede ihrer Gesten, um sich nicht zu verraten.

Auf der Bühne wagte sie immer weniger, ihr wahres Wesen zu offenbaren, verschloß sich wie hinter eisernen Türen, um nur ja keinem Späher Einblick in die Hölle ihres Daseins zu gewähren. Ihr Ton wurde verlogen und gekünstelt und nur ihr großes Talent bewahrte sie vor Mißerfolgen.

Je ungehemmter sich der Mann seiner Leidenschaft ergab, desto stärker peinigte sie der Ekel vor dieser Gemeinschaft, die sie nicht mehr ertragen zu können glaubte. Die Nächte empfand sie als fürchterliche Qual, und mehrere Male war sie aus den Umarmungen des Mannes in das Badezimmer geflüchtet, fast vernichtet von Ekel.

Friedrich Karl war krank – mußte krank sein, sonst hätte er doch ihre Qual gemerkt, mitempfunden! Aber ihre Abwehr wurde ihm gar nicht bewußt. Alle ihre Bemühungen, ihn von seinen wilden Phantasien abzulenken, waren vergebens. Immer wieder schwelgte er in der Vorstellung, Carola und Wolgers, die beiden, nach denen seine Sinne begehrten, als Liebespaar zu sehen.

Wieder sah Carola nach dem Schläfer. Er lag jetzt in ruhigem, tiefem Schlummer. Im fahlen Morgendämmer hoben sich die Umrisse seiner kühngeschwungenen Nase deutlich ab. Sein Gesichtsausdruck war ruhig, fast kindlich. Da überfiel die fröstelnde Frau die Erinnerung an Bernhard Merzbach, an seine leise Zärtlichkeit und seine Hingabe, die nur ihr gegolten hatte; und in dem Bewußtsein, etwas ganz Köstliches, Einziges zu besitzen, legte sie sich zurück, empfand die Kissen wie Bernhards Arme, fühlte sogleich die Ruhe, die von ihm ausstrahlte, und ohne zu einem Ergebnis ihres eingehenden Rückblicks gelangt zu sein, schlief sie endlich ein.

# 4

Der nächste Tag brachte die Aufregung einer Operation, die Friedrich Karl mittags vornahm und deren Ausgang zweifelhaft schien. Der Träger eines klingenden Namens, der sich zu spät aus dem Getriebe seiner Arbeit losgerissen hatte, vertraute sich den Händen des Chirurgen an. Aber diesmal war es nicht die seelische Krise des Arztes, die die Operation erschwerte, sondern die Schwere des Falles, der durch Vernachlässigung ein böses Ende verhieß. Friedrich Karl erschien in finsterster Laune bei Tisch, denn er wußte, daß ein tödlicher Ausgang der Operation seinen ohnehin schon erschütterten Ruf noch mehr gefährden mußte. Seine Gereiztheit entlud sich auf Carola, die in ihrer Vergeßlichkeit – eine Stimmung, die jeden Künstler vor einem entscheidenden Auftreten zu befallen pflegt – nicht daran gedacht hatte, die Köchin bei der Zusammenstellung der Speisen zu überwachen.

Friedrich Karl, der zumeist übermüdet und stets nervös war, verlangte wenige, aber sorgfältig zubereitete Speisen, die seinen Magen nicht belasten durften, und ihn während seiner Nachmittagssprechstunde nicht zu sehr beschwerten. Wenn er auch ab und zu derbe Gerichte liebte, so hieß es darauf achten, ihm diese nur an Tagen vorzusetzen, die ein Ausruhen nach Tisch gestatteten. Diesmal hatte es die Köchin mit einem Hausgericht versucht, das sonst durchaus seinen Beifall fand. Aber die schwierige Operation hatte seine Nerven offenbar allzusehr aufgewühlt, die Speisen wurden verschmäht. Carola saß geduckt bei Tisch und erwartete den Sturm, der dann auch bald über sie hinwegfegte und ihr Vorwürfe aller Art wie kleine, spitze Steine ins Gesicht schleuderte.

Sie kroch ganz in sich zusammen und fand kein Wort der Erwiderung, fühlte sich hilflos und verlassen, ertrug schweigend alle Beschimpfungen und wartete nur verzweifelt auf den Augenblick, da Friedrich Karl wieder zum Patienten gerufen würde.

Ein Assistent, der mit der Meldung ankam, dem berühmten Kranken ginge es überraschend gut, ließ das Gewitter abflauen.

Hatte er ihr eben erst zugerufen: »Du hast allen Dreck in mein Leben gebracht«, so befand er sich schon wieder in bester Laune. Auf einmal entdeckte er, wie abgespannt Carola aussah, bemühte sich in bestrickender Liebenswürdigkeit um sie, bat sie, sich doch unbedingt auszuruhen und vor dem Theater zu ihm hinunterzukommen. Förmlich erfrischt, verließ er sie in glänzender Stimmung.

Carola zitterte an allen Gliedern, die Knie versagten den Dienst, als sie sich vom Tische erhob. Immer noch hatte sie sich nicht daran gewöhnen können, den Temperamentsausbrüchen ihres Mannes ruhig standzuhalten, obwohl sie überzeugt war, daß er sich ihrer gar nicht bewußt wurde.

Sie ließ sich auf den Diwan fallen und nahm sich alle Mühe, an nichts zu denken, ergriff eine Zeitung und ertappte sich bald bei der sinnlosen Lektüre der verschiedensten Anzeigen. Dann stand sie auf, ließ sich Tee und einige Brötchen bringen, trank widerwillig den Tee, besah die Brötchen, führte sie zum Mund und legte sie, ohne sie zu kosten, wieder hin. Sie vertiefte sich in ihre Rolle, verdeckte mit dem Finger die Worte, die sie zu sprechen hatte, und leierte gedankenlos die Sätze ab, um sich zu vergewissern, daß sie den Text der Rolle beherrschte.

Es war Zeit aufzubrechen. Eine nervöse Ängstlichkeit überfiel sie. Auf den Proben hatte ein neuer Regisseur alles auf den Kopf gestellt; ihren Partner kannte sie allerdings seit langem, aber alle anderen Schauspieler waren ihr fremd. Jahrelang war das Stück in der Hauptstadt nicht gespielt worden, die Inszenierung war auf ganz neue Absichten gestellt und das allgemeine Interesse sehr groß.

Während Carola sich langsam ankleidete, merkte sie, daß ihre Hände zitterten. Sie ging nach dem unteren Stockwerk, trat auf Fräulein Lya Ball zu, die sich eben die Lippen nachfärbte, und erfuhr, daß Friedrich Karl sie erwartete. In seinem Ordinationszimmer küßte er ihr galant die Hand, stellte ihr einige Herren vor und rief sie als Zeugen dafür an, daß Carola bei ihrem großen Talent keinen Grund hätte, am Erfolg des Abends zu zweifeln. Beim Abschied war er besonders herzlich. Carola bestieg den wartenden Wagen und fuhr ins Theater.

In der Garderobe wurde sie schon erwartet. Der Tisch war mit einem weißen Tuch bedeckt, auf dem säuberlich die Schminken,

Fette und Puderbüchschen aufgebaut waren. Diese Reinlichkeit stand in krassem Gegensatz zu den schmutzigen, mißfarbigen Wänden und der Zimmerdecke, die einst vielleicht weiß gewesen war. Fette Stimmen, fette Wünsche, schmieriger Neid und das Fett von Hunderten von Abschminkdosen schienen diesen Raum ganz durchtränkt zu haben. Das Waschbecken in der Ecke mit dem ewig verstopften Abfluß wirkte noch trostloser neben Carolas weißen Handtüchern.

Sie hatte alles darangesetzt, um sich den Aufenthalt in ihrer Garderobe erträglich zu gestalten. Aber jede persönliche Note unterstrich nur noch mehr die Unfreundlichkeit dieser Höhle. Zuweilen läßt sich ein Direktor herbei, eine oder die andere dieser fürchterlichen Kammern frisch streichen zu lassen, aber nach kurzer Zeit bricht der Schmutz doch wieder siegreich durch und überwuchert den Raum. Darin liegt möglicherweise ein unabänderliches Gesetz, vielleicht ein Memento an die Vagabundenzeit des Schauspielers und des grünen Wagens.

Carola streifte ihre Kleider ab, schlüpfte mit nackten Füßen in braune Sandalen und zog ein einfaches braunes Kleid über. Das Schminken ging rasch, denn sie war überzeugt, daß ihr Gesicht, das den üblichen Anforderungen des Schönheitsbegriffes ohnehin nicht genügen konnte, nur durch seinen persönlichen Ausdruck wirkte; wer seine Sprache nicht verstand, der war auch durch rote Bäckchen nicht zu gewinnen.

Sie trat in den Korridor hinaus, kam auf die Bühne und hörte bereits Holofernes die Abgesandten der besiegten Stämme empfangen, und setzte sich auf einen der umherstehenden Stühle in eine dunkle Ecke. Hier war sie zu Hause, hier fühlte sie sich zugehörig. Die Dunkelheit tat ihrem wirren Kopf wohl. Sie versuchte, sich in die Stimmung der jüdischen Schwärmerin zu vertiefen, aber eine bleierne Müdigkeit lag über ihr, so daß ihr nur Brocken der Rolle und die Reden des dröhnenden Holofernes durchs Hirn schwammen.

»Auf gen Bethulien«, erscholl es hinter den Zeltwänden, gleich darauf senkte sich der Vorhang, das Prasseln des Applauses setzte ein. Arbeiter liefen herbei, um den zweiten Akt aufzubauen, und Judith – nun war sie es mit einemmal wirklich – trat ein in ihr Gemach, sah zu, wie man den Webstuhl an seinen Platz rückte, und begab sich mit dem Gefühl: Carola sieht nach, ob der

Spiegel auf seinem Platz liegt, Carola grüßt Mirza, Carola überwacht das Legen der Teppiche – als Judith auf ihren Platz.

Mirza hockte vor ihr, ein junges, sehr begabtes Mädchen, jetzt von Angst geschüttelt, unablässig die ersten Sätze ihrer Rolle vor sich hinmurmelnd. Plötzlich wurde Stille befohlen, der Vorhang ging langsam hoch, Carola hatte das Gefühl, als hätte sich der Vorhang an ihren Kleidersaum gehakt und ihr Kleid würde ihr jetzt mit dem Steigen des Vorhanges über den Kopf gezogen: nackt stand sie nun da. Das war der Augenblick, in dem sie sich stets – besinnungslos in ihre Rolle stürzte.

Die Traumerzählung kroch langsam über ihre Lippen, die Worte formten sich mechanisch, der geschulte Atem hob und senkte sich mühelos. Die Antworten Mirzas, leichte, helle Flokken auf dem dunklen Gewebe ihrer Erzählung, trafen kaum ihr Ohr. Sie fühlte nichts – in weiter Ferne lag der Traum, den sie jetzt hersagte, während sie gleichzeitig in sich hineinhorchte, ob die Erzählung nicht doch etwas in ihr zum Klingen brächte?! – Nichts! Da, bei den Worten: »Muß ich nicht selbst wahnsinnig werden, wenn ich aufhöre, Manasses für wahnsinnig zu halten?«, stürzte die Erinnerung an die vergangene Nacht über sie, schlich sich in ihre Worte, und als sie aufschrie: »Ich springe in den Ewigen hinein, wie Verzweifelnde in ein tiefes Wasser«, schossen ihr die Tränen in die Augen, und sie mußte an die Erniedrigungen denken, die sie von Friedrich Karl vor einer Stunde hatte erdulden müssen. »Ewiger, Ewiger«, schrie es aus ihr, »ich bin ein Geschöpf, nur ein kleines, aber auch bei mir muß es eine Grenze geben!« Ewiger, Ewiger, hallte es weiter und erfüllte sie bis zum Bersten, sie merkte kaum, daß ihre Lippen die Worte richtig formten, bis plötzlich Ephraim vor ihr stand. Sie hörte sich reden, steif und klangvoll, und wußte, daß sie mit diesen tönenden, wogenden Sätzen aus einer längst zurückliegenden und verblichenen Zeit nichts gemein hatte, aus einer Zeit, in der man so gerne in großen Gefühlen schwelgte und dabei bedenkenlos Kinder mordete oder Menschen in Versen zum Mord anstiftete.

Wie fern lag dies alles, ohne Beziehung zum Heute. Hätte sie diesem Ephraim in klarer, stiller Rede sagen können, was sie dachte, dann wäre es vielleicht möglich gewesen, auch diese Judith unserer Zeit nahezubringen. Aber nein, durch das Geklirr tönender Phrasen mußte sie schreiten, eingeschnürt in den Panzer einer fremden Zeit. Carolas geschulte Stimme turnte mühelos auf und ab, dank ihrer in langen Jahren erworbenen Routine – senkte sich, stieg an und erreichte bei Aktschluß ihren Höhepunkt.

Der Vorhang fiel und der Applaus setzte ein. Dieser Applaus wirkte peinlich, wie stets. Gleichwohl erduldet man ihn gern, weil der Künstler den Beifall braucht, der ihm die Bestätigung seines Daseins gibt, ein Stimulans, das ihn wie ein Rennpferd zur Höchstleistung anspornt.

Der Szenenwechsel gönnte ihr eben Zeit, in Eile einen langen, dunklen Schleier umzuwerfen. Sie hockte sich rasch auf den Teppich nieder und merkte den Beginn der nächsten Szene erst an Mirzas jammernden Worten. – »Gott, Gott, mir ist, als müßte ich dich am Zipfel fassen«, schrie es in ihr und aus ihr heraus. Sie stürzte sich in diese Worte wie in einen tiefen Schacht. Das qualvolle Geheimnis ihrer Nächte, jetzt brüllte sie es mit den Worten der Judith der Menge ins Gesicht. »Versteht mich doch!« flehte sie und schleuderte ihre Anklagen im Schutze der Hebbelschen Sprache in den dunklen Raum. So hemmungslos war dieser Ausbruch, daß die Menge den Atem anhielt, teils ergriffen, teils erschrocken. Schweiß bedeckte Carolas Körper, ein Schleier lag vor ihren Augen, sie zitterte an allen Gliedern, als der Vorhang fiel und der begeisterte Beifall der Menge sie ansprang. Sie fühlte sich ausgepumpt und hielt sich nur mit Mühe aufrecht. Sie hatte das Gefühl, ein leerer Ball zu sein, der durch den Beifall aufgebläht wurde und mit dem fallenden Vorhang zusammensank, sich aufblähte und zusammensank wie auf Kommando. Dann war sie endlich allein in der Garderobe. Das war es, was ihr Kraft gab, das Leben mit Gleichmut zu ertragen, den Maßlosigkeiten Friedrich Karls und den Wühlereien seiner Familie standhaft zu begegnen: diese Hingabe an ihr Spiel, diese Selbstvergessenheit, in der sie alle Hüllen von sich warf, dieser Exhibitionismus im Schutze fremder Worte. Nun war ihr leicht und matt zumute, wie nach einem Aderlaß. Bald aber fiel sie wieder in die alte gedrückte Stimmung zurück. – Ich Unfruchtbare, dachte sie, der es seit Jahren verwehrt ist, Weib zu sein, der es verwehrt ist, Kinder zu gebären, wird mir endlich Erlösung werden oder werde ich dieses Martyrium ewig ertragen müssen, als Strafe für eine Schuld, die außerhalb meiner Kraft und meines Willens liegt?!

Die Ankleidefrau brachte das Prunkgewand für den nächsten Akt. Carola schlüpfte in das Hemd aus alter reicher Seide und hüllte sich in goldschwer bestickte Schleier. Die Szene unter dem Volk setzte ein und ließ sie kalt; wieder wußte sie nicht, was sie sprach.

In der großen Pause traf sie sich mit den Kollegen auf der Bühne. Mirza war jetzt etwas ruhiger geworden, nur ihre Nase blieb spitz und rötlich, wie gefroren. Ihre Augen hingen voll Haß an der großen Kollegin, die sich benahm, als handle es sich um einen Spaziergang. Sie selbst war zu Fuß gekommen, trotz des naßkalten Wetters, behaftet mit dem Dunst der drängenden Menschen in der Straßenbahn, als Carola gerade ihrem Wagen entstieg. Sie sah Carolas Augen fremd und kühl über Menschen und Dinge hinwegstreifen, als bestünde keinerlei Beziehung zwischen ihr und der Umgebung, und eine sinnlose Wut erfaßte sie gegen diese gewappnete, unverwundbare Frau.

Da strich es ihr leise über die Schulter, und als sie sich hastig umdrehte, tauchten zwei klare und tiefe Augen ihren Blick in die ihren und eine leise herzliche Stimme sprach: »Nun, wie steht es? Noch immer Angst? Kein Grund dazu, alles ist gut gegangen, Ihre Szene wird ausgezeichnet werden, nur immer deutlich sprechen und nicht eilen. In Ihrer Szene und bei allen Sätzen, die Sie sprechen, sind Sie die Hauptperson.« Mirza stammelte etwas Verworrenes, verkroch sich in eine Ecke und grübelte, wo in Carolas Herzlichkeit die Ironie, die Falle, die Falschheit stecken könnte, fand sie nicht, wurde noch bestürzter, erschrak freudig: Hier spricht ein Mensch!

Carola war auf Holofernes zugetreten. Schmal und groß stand er in der Mitte des Raumes, seine etwas eingesunkene Brust mit Schmuck und schweren Stoffen behangen, leuchtende, schöne Augen über einer etwas knolligen Nase, der üppige Mund lauernd hinter einem assyrischen Bart. Er wollte stets den Eindruck eines brutalen Eroberers machen und gefiel sich darin, Frauen durch seine Kraft und Unflätigkeit Schrecken einzujagen. Seine Männlichkeit betonte er in so aufdringlicher Weise, daß sie verdächtig wirkte. Obwohl von guter Herkunft, liebte er es, sich in den abstoßendsten Kraftausdrücken zu ergehen, und glaubte dadurch Eindruck zu machen. Bei einer gewissen Sorte von Frauen hatte er auch den erwünschten Erfolg.

Carola, ihre innere Leere quälend empfindend, wandte sich an ihn mit der Frage, ob nicht auch er die Aufgabe, dieses Stück in dieser Zeit zu spielen, allzu schwer fände. Doch Burra stand diesem Problem völlig verständnislos gegenüber und meinte, die Rollen wären doch gut und vor allem erprobt, jede Einzelheit sei festgelegt und man wäre doch zumindest vor Überraschungen sicher. Schließlich sei es immer noch am bequemsten, auf bekannten Wegen zu gehen.

»Das ist es ja gerade«, widersprach Carola, »die Wege sind wohl bekannt, aber die Gegend ist gänzlich verändert.« Burra fragte: »Das Publikum? Du mein Gott, damit muß man sich eben abfinden, in der Inflationszeit war es noch ärger, und wenn man sich nur etwas Mühe gibt, dann gehen die Leute schon mit.«

Nein, am Publikum läge es nicht, aber die Luft – die Zeit – das Neue – die Jugend! –

Mit der Jugend solle sie ihm nur nicht kommen, unterbrach Burra. Nachwuchs unter den Schauspielern gäbe es nicht, also stünden sie beide immer noch vornean.

»Ach, ich empfinde es gar nicht, als stünde ich vornean, ich komme mir wie eine alte Frau vor, ich fühle das Neue, ohne es fassen zu können, und mag mich selber nur hören, wenn ich schlichte Worte leise vor mich hinspreche, und auch dann klingt es mir zuweilen grell und unecht.«

Burra sah sie von oben bis unten an, als prüfte er ihr Gesicht, das keine Spuren der Zeit und kein Alter verriet, ihren gestählten, schlanken Körper, dann schmatzte er mit den Lippen und rief aus: »Na, das ist wieder so eine Ihrer Grillen. Gott segne Sie!«

Der Inspizient jagte jetzt eine Schar Krieger über die Bühne und sah sich besorgt um, ob nichts versäumt würde. Sein Zuruf »Anfangen« schaltete förmlich einen elektrischen Strom ein, der bei allen Schauspielern die gleiche zuckende Bewegung auslöste, als wollten sie sich so nach kurzer Rast die Last der Rolle wieder auf die Schulter laden.

Carola und Mirza zogen sich zurück, um ihren Auftritt unter den Zeltwänden abzuwarten. Mirza, die vor lauter Staunen über Carolas Ruhe ihre Angst fast vergessen hatte, begann jetzt wieder zu zittern, doch Carola wandte sich ihr zu, und während draußen Holofernes bereits zu seinen Kriegern sprach, raunte sie im Halbdunkel: »Keine Sorge, bald ist alles vorbei, es lohnt sich wirklich nicht, Angst zu haben. Die da unten wissen doch nichts von uns, nur wenige ahnen, daß in einem kurzen Satz oft eine Welt von Arbeit und Hoffnung liegt. Und alles ist verweht, wenn der Vorhang fällt; will man es am Morgen dann noch einmal hervorholen, ist es tot, als wäre es nie gewesen. Was sind wir? Ein Klang, der verhallt, sich nicht einfangen läßt, vernehmbar nur dem, der in der richtigen Stunde richtig zu hören versteht.« Mirza hatte nur die Hälfte vernehmen können, aber beruhigt durch die spröde Güte ihrer berühmten Kollegin schmiegte sie sich jetzt an sie, wie es die Rolle gebot.

Die beiden Frauen traten hinaus und Carola sprach die ersten Worte Judiths, ohne ihre Stimme zu hören. Erst bei der Stelle: »Weil du ein Waaiib bist«, besann sie sich und lachte über das ganze Gesicht.

Wie komisch klang doch manchmal die Sprache, wenn in die Vokale Leidenschaft gelegt wurde. Es war Burras Art, in ein O, das er nach U hin färbte, Dämonie zu fauchen, ein E schneidend herauszuschmettern. Aber »Waaiib«, das klang wie nach Schändung und Vergewaltigung. Während sie sich der Komik seiner Sprache klar wurde, machte sie eine nicht vorhergesehene Pause. (Diese Pause und ihr Lächeln dabei wurden am nächsten Morgen von einem Kritiker als feine, wohldurchdachte Nuance ausgelegt und durch einen Hinweis auf eine vergessene Stelle des Werkes begründet, von einem anderen als plumpe Effekthascherei einer Routinière gegeißelt.)

Dann begann sie ihre Rede, und immer verlogener erschien ihr das alles, immer drückender empfand sie die Last der großbogigen Sätze. Sie sah das Publikum, konnte Familienmitglieder erkennen, sah Annemies Hörköfferchen in der ersten Reihe in der Luft schweben und in der Loge Marie Luises bleichgeschminktes Vogelgesicht mit den frischgefärbten Haaren. Wo steckten die anderen? Sicher waren sie da, denn wenn Carola Erfolg hatte, dann war sie stets die heißgeliebte Verwandte, im anderen Falle aber hatte man immer schon gewußt, daß es mit ihrem Talent nicht weit her wäre.

»In fünf Tagen, Judith!« Das U dröhnte in ihren Ohren, dann

vernahm sie ein leises Zwitschern Mirzas, sie hatte noch einen tönenden Satz zu sprechen, und wieder fiel der Vorhang. Der Beifall kam kaum zu voller Entfaltung, alles rüstete sich für den dritten Akt, der die stärkste Wirkung auf das Publikum verhieß: die Opferung Judiths und die Ermordung des Holofernes.

Carola kauerte nahe bei Holofernes und spürte seinen Atem, der nach Bier roch. Aber besessen von dem Drang, mit ihrer Rolle ganz zu verschmelzen, wehrte sie sich jetzt gegen die rohen Griffe des Holofernes, in dem sie plötzlich etwas Schicksalhaftes zu erblicken glaubte, dem sie unbedingt entgehen wollte. Sie gab sich dem immer wieder verlockenden Zauber hin, Schein und Wirklichkeit zu verwechseln, alle Kraft an ihre Aufgabe zu setzen, sich daran zu verschwenden und doch jeder Bewegung und ihrer Folgen bewußt zu bleiben.

Holofernes schleppte sie hinter die Bühne. Im Banne der Gewalt, die sie bezwungen hatte, immer noch im selbst gewollten Traum versunken, zerrte sie ihr Gewand vom Leib, löste ihr Haar und stürzte hinaus zur angstbebenden Mirza, nachdem sie ihr Stichwort mehr gefühlt als gehört hatte.

»Ich habe den Schrecken besiegt, aber um welchen Preis! Der Schrecken ist tot, aber ich bin vernichtet«, rief sie hinter Hebbels Worten aus. Ihre Kehle schluckte krampfhaft, stoßweise nur rangen sich die Laute durch. Aufruhr, Empörung, Niederlage versetzten sie förmlich in Wut und machten sie blind. Ob es Worte waren, die sie sprach oder ein sinnloses Stammeln, sie wußte es nicht. Aber plötzlich überfiel sie wieder eine Vision, die sie schon so oft erlebt hatte. Ein Vokal schwoll in ihrem Mund laut tönend zu einer Kugel an, wurde größer und größer, hob sie vom Boden fort, und sie fühlte sich emporgetragen, schwebend in dunklen Weiten. Dann platzte die Kugel, im Fallen schossen heiße rote Ströme aus ihrem Mund und ergossen sich in den finsteren Raum mit den vielen hellen Punkten.

Das Fallen des Vorhanges erweckte sie noch immer nicht aus ihrem Traum. Weiter ging es nach Bethulien. Bernhard war ihr jetzt ganz nahe. Sie hatte ihn bei ihrem Sturz gesehen, ihr Blick war seinen Augen begegnet. An ihrer Seite schritt er durch die hungernde Stadt.

Nun mußte es kommen, das Letzte: »Töten«, schrie sie, »mich töten!« Kaum hatte sie es ausgesprochen, als der Dämmerzustand von ihr wich, hellwach stand sie inmitten der lächerlichen geklebten Bärte, sah kleine Schweißperlen die geschminkten Gesichter der Hohepriester herablaufen, als hätten sie Angst vor dem Rampenlicht und flüchteten nun in das Versteck der goldenen Halskragen.

Ganz kühl und ruhig überlegte sie: Du mußt dich töten! Doch auf dem Weg zur Garderobe wurde ihr die ganze Sinnlosigkeit dieses Entschlusses klar. Nie würde sie den Mut dazu haben, nicht aus Furcht vor der Tragik des Gelingens, sondern aus Angst vor der Lächerlichkeit des Mißlingens. Jetzt, wo doch Bernhard sie sicher erwarten und sie ihn bald wiedersehen würde, warum sollte sie da verzweifeln? War diese Liebe zu spät gekommen, war sie selbst zu alt, zu müde geworden?

Sie zog sich hastig an: nur Friedrich Karl nicht allzu lange warten lassen. Neuen Aufregungen war sie heute nicht mehr gewachsen. Der Verlust ihrer Kraft hatte sie erleichtert, ihr war zumute, als wäre sie eine leichte, leere Papierhülse, die kaum auf der Erde zu halten war.

Vor der Bühnentüre stauten sich die Leute, doch Bernhard war nicht unter ihnen. Neugierig starrte man sie an, Carola wußte nicht, ob die Leute auf sie oder auf Burra warteten, und das machte sie verlegen. Da klatschte einer in die Hände, die anderen fielen ein. Nun muß ich danken, dachte Carola erleichtert, und nach allen Seiten grüßend, stieg sie in den Wagen. Wenn die Leute aufhören zu winken, ehe der Motor anspringt, weiß ich nicht, was ich machen soll, dachte sie voll Angst, während ihr Lächeln durch die Scheiben strahlte. Doch da setzte sich der Wagen in Bewegung und entführte sie den Blicken der Neugierigen.

Müde erklomm sie die Treppe zu ihrer Wohnung, wie zerpflückt und zerblasen von dem Sturm, der sie eben noch durchweht hatte.

Im ersten Stock zeigte sich niemand. Nur leises Gemurmel war hinter den Türen vernehmbar. Ihre Füße schmerzten, wurden mit jeder Stufe schwerer. Sie ging nach dem Schlafzimmer, wechselte ihr Kleid und ließ sich dann im Wohnzimmer in den breiten Sessel neben der Stehlampe fallen. Ernst sahen die Bücher von den Wänden auf sie; Carola war elend zumute, dem Rausch folgte jetzt der Jammer, das nüchterne Erwachen.

Ich habe schlecht gespielt, dachte sie, denn nicht Judith, sondern ich selbst stand heute abend auf der Bühne und mußte unverständlich bleiben. Denn Carola muß sich verstecken und Geheimnisse hüten: so war ich weder Judith noch Carola. Kann man mitreißen, wenn man selbst überzeugt ist, längst Verklungenes nicht wieder zum Klingen bringen zu können? Kann man Gefühle wecken, wenn man sich selbst nicht erlauben darf, um seine Gefühle zu wissen? Unmöglich!

Ihr Blick fiel auf die langen Reihen der Bücher, deren Inhalt sie kannte, verschlungen hatte auf ihrer Suche nach sich selbst, ihre besten Freunde, die sie immer wieder zur Hilfe gerufen hatte, um das Chaos ihrer Gefühle und Gedanken zu entwirren.

Da sie fromm erzogen worden war, hatte sie oft aus der Bibel Trost geschöpft. Die kindergläubigen Verse des Angelus Silesius waren ihr in letzter Zeit besonders liebgeworden. In ihnen fand sie die Entsagung, die sie brauchte, um Friedrich Karls zermürbende Angriffe geduldig und verstehend ertragen zu können. Den Körper abtöten, hieß es, nur eine Aufgabe, nur ein Ziel vor Augen haben: Das Wesentliche erkennen! Hätte sie sonst die Kraft gefunden, bei Friedrich Karl auszuharren, der ihrer in dieser Krise seines Lebens so dringend bedurfte? Wer hätte ihn ertragen, seine Launen geduldet, seine Maßlosigkeit, seine abwegige Leidenschaft bei Nacht und seine brutale Unbeherrschtheit bei Tage?! Etwa die Frauen, die sich ihm an den Hals warfen, von seiner Berühmtheit angelockt und von seinem faszinierenden Blick, der Abgründe ahnen ließ, in die hinabzusteigen besonders gruselig sein mußte? Oder Wolgers, der schöne Jüngling? Sie alle wären sehr bald vor der Wirklichkeit geflohen, vor seinem blinden Egoismus, der keinen Willen neben seinem duldete.

Wolgers schien noch gefährlicher; hier drohte vielleicht Abhängigkeit und Erpressung. Ein hingeworfenes Wort konnte genügen, die ganze Existenz eines Arztes für immer zu vernichten. Und solcher Verlockung diese Macht auszukosten, würden wahrscheinlich auch stärkere Charaktere als Wolgers auf die Dauer nicht widerstehen können.

Dem Wesentlichen nachstreben! Hieß das blind und taub sein gegen eigene Wünsche und trachten, im Nächsten nur den leidenden Menschen zu erkennen? Das Übel nicht verdammen und auch im bösen Menschen nur einen Kranken sehen, der selbst am meisten unter seiner Natur litt? Und doch, die heftigen Worte, die oft beim geringsten Anlaß auf sie niederprasselten, schmerzten immer wieder wie spitze Pfeile, hakten fest, machten sie elend. Stundenlang saß sie dann grübelnd, ob sie Anlaß zu diesen ungeheuerlichen Vorwürfen gegeben, etwas verabsäumt oder in ihrer Hoffahrt, ihrem Mangel an Entsagung derartige Beschimpfungen verdient hatte.

Mit stärkstem Willensaufwand versetzte sie sich förmlich in einen Zustand der Askese, der ihr selbst die kleinsten Freuden verbot. »Mensch, wo du noch was bist, was weißt, was liebst, was hast – So bist du, glaube mir, nicht ledig deiner Last!«

Sie wollte nichts mehr sein, nichts wissen, nichts lieben, nichts haben, nur Befreiung von dem Druck, der so unsagbar schwer auf ihr lastete. Sie verbot sich jede Freude, jeden Stolz über ihre Erfolge, hörte nicht auf Schmeicheleien, mied Freunde und die Erleichterung offener Aussprache, nahm den unüberwindlichen Ekel und den unbesiegbaren Haß, die sie langsam befielen, als Strafe hin für Hochmut, Eitelkeit und Abirren vom Wege zum Wesentlichen.

Tagsüber empfand sie gegen Friedrich Karl keine Abneigung, versäumte nie, sich für ihn schön zu machen, liebte es, wenn er in guter Laune ihr über Haar und Hände strich, und sie sorgte für ihn mit der Liebe einer Mutter zu einem verlorenen Kind.

Aber als Carola vor drei Monaten Bernhard Merzbach durch seine Tochter kennenlernte – Friedrich Karl hatte damals dem jungen Mädchen den Blinddarm entfernt –, rebellierte endlich ihre Natur gegen den Zwang der auferlegten Fesseln.

Im Anfang wußte sie mit dem stillen Manne nicht viel anzufangen, er kam aus einer anderen Welt. Friedrich Karl wünschte sein Geld vorteilhaft anzulegen und pflegte deshalb diese neue Beziehung, und betraute Carola damit, von Fall zu Fall finanzielle Ratschläge und Winke einzuholen.

Bernhard hatte seine Gattin, mit der er in konventionellem Glück gelebt hatte, früh verloren, wohnte mit seiner Tochter, die er abgöttisch liebte, und führte das übliche Junggesellenleben eines reichen Mannes. Der Ansturm der Frauen auf den durch seine geschäftlichen Erfolge berühmten Mann war so groß, daß er, mißtrauisch geworden, neue Freundschaften mied. Er kannte nur flüchtig einige Schauspielerinnen und gewiß nicht die wertvollsten, meist nur solche, die sich in den Nachtlokalen einfanden, wohin er ab und zu Bekannte von auswärts zu begleiten genötigt war.

Als Carola ihm zum ersten Mal entgegentrat, wurde er noch stiller als gewöhnlich, überwältigt von etwas Neuem, Unergründlichem. Die Zwiespältigkeit ihres Wesens stieß ab, während ihre liebenswürdige Heiterkeit im Verkehr mit Fremden besonders anzog. Oft mochte sie falsch und verlogen scheinen, weil sie auf die Gebote der gesellschaftlichen Konvention achten wollte und sich dennoch bemühte, wahr zu sein, wobei sie es aber wieder peinlich vermied, die Wahrheit über sich selbst ahnen zu lassen.

Aus den geschäftlichen Unterredungen, Ratschlägen und Belehrungen wurden lange Gespräche, und wiewohl Carola sich bemühte, ihr wahres Wesen zu verbergen, hörte er doch Sätze aus ihrer Rede heraus, die wie kleine spitze Schreie nach Hilfe klangen. Endlich schien eine höhere Macht einzugreifen: eines Abends auf einer Gesellschaft, während man sich im Nebenzimmer bei Musik und Tanz vergnügte, lagen sie sich unversehens in den Armen. Der Mann hatte zugegriffen und die Frau besinnungslos nachgegeben. Nach zwei flüchtigen Küssen rissen sie sich voneinander los und mischten sich wieder unter die Leute. Carola war von der Erkenntnis ihrer Liebe zu plötzlich überfallen worden, als daß es ihr möglich gewesen wäre, sich über ihre Gefühle klar zu werden. Blind und taub taumelte sie durch die nächsten Tage, traf dann Bernhard und folgte ihm ohne Zögern in die geschmacklosen Räume, um dort nach langen Jahren aus der Lethargie ihres Körpers zu erwachen.

Carola fühlte, während sie jetzt unter der hellen Lampe saß, ihre Einsamkeit besonders laut, wie tönende Paukenschläge. Sie ging zum Telephon und rief Bernhard an. Die quäkende Stimme von Sibylle Merzbach antwortete und strömte über vor Begeisterung. Carola empfand die Lobsprüche heute besonders unangenehm, das Geplapper Sibyllens als besonders gezwungen. Aber schon hörte sie Bernhards Stimme am Telephon, leise und gleichmäßig, ein hoher, sanfter Bariton, dessen Klang sie mit Sehnsucht bis zum Bersten erfüllte, obwohl seine konventionellen Sätze Sibyllens Nähe anzeigten. So ließ sie den Hörer über ihre Wangen gleiten, hielt ihn vor die Lippen, um die Töne zu trinken, die ihr entgegenschallten. Rasch und leise flüsterte sie: »Ich muß dich sehen, erwarte mich morgen nachmittag um vier!« Aus dem kleinen schwarzen Trichter klang es: »Ich werde mich freuen«, und dann folgten ein paar liebenswürdige, nichtssagende Worte.

Carola hing ab, denn sie hörte Friedrich Karls Schritte und war so erfüllt von Liebe und Sehnsucht nach Bernhard, daß sie sich zu verraten fürchtete. Rasch kauerte sie sich wieder in den Lehnstuhl.

Friedrich Karl trat in bester Laune ein. Der schwierige Fall ließe sich günstiger an, als er gedacht hatte, allerdings wäre die Gefahr noch nicht gänzlich überwunden.

Er hätte von seinem Bruder telephonisch Mitteilung erhalten, daß ihr Auftreten ein großer Erfolg war.

Verwundert sah Carola auf.

Nun, das müsse sie doch am Beifall gemerkt haben, die Menschen hätten gar nicht fortgehen wollen. Sie sei so müde gewesen, entschuldigte sich Carola, daß ihr das alles gar nicht bewußt wurde.

»Müde, müde«, rief Friedrich Karl, »du bist immer müde, gleichgültig und müde. Hör' auf zu arbeiten und erhole dich, aber überwinde vor allem diese Müdigkeit, die schließlich auch mir das Leben vergällt. Wenn ich abends oder mittags abgespannt nach Hause komme, sehe ich immer nur dein gleichgültiges Gesicht. Ob wir reisen, ob wir zu Hause sind, in Gesellschaft oder allein, dein Gesicht lächelt immer nur wie die Maske eines Japaners und deine Ruhe ist zum Kotzen!«

Carola war völlig sprachlos. Ihr Bemühen, seine schnell wechselnden Launen und Wünsche zu erfüllen, ihre Selbstzucht – und das sollte nun das Ergebnis sein? Ehe sie noch eine Antwort fand, hielt Friedrich Karl schon bei einer anderen Frage: »Hast du Merzbach gesehen?« – »Nein.« – »Warum nicht? Du solltest ihn doch wegen der Julius Meyer-Aktien um Rat fragen; gestern habe ich dich darum gebeten und heute hast du es wieder vergessen! Nichts, nichts kann man von dir haben!«

Ihre Lippen zitterten bei der Antwort: »Ich hatte doch Premiere und nachher sah ich ihn nicht.«

»Aber du hast doch jetzt eben mit ihm telephoniert!«

Carola verschloß sich wie hinter einem Eisenpanzer und holte tief Atem: »Woher weißt du denn das?« Dabei zwang sie sich, eine belustigte Miene zu ziehen. In ihrem Kopf rasten die Gedanken: was weiß er, wieviel hat er gehört?

Friedrich Karl entgegnete gleichgültig: »Wolgers sollte mich mit der Klinik verbinden und geriet zufällig in dein Gespräch mit Sibylle Merzbach. Also liegt die Vermutung nahe, daß du auch mit Bernhard Merzbach gesprochen hast.«

Der Druck wich und sie hörte sich wie von weither sagen: »Ich habe nur ein paar Worte mit ihm gewechselt und ihn gebeten, mich bald zu besuchen.« Dann wurde alles schwarz um sie, die Ohren sausten unerträglich und als sie aufsah, stand das Mädchen vor ihr und hielt ihr ein Glas mit Kognak entgegen. Friedrich Karl saß auf der Erde, hielt sie umfaßt, schrie auf das Mädchen ein, gebärdete sich ganz unärztlich, als ob ihm noch nie ein Fall von Ohnmacht untergekommen wäre.

Sie empfand ihre Schwäche peinlich, wie alles, was sie hilflos machte, so schlürfte sie gierig den Kognak, erinnerte sich, daß sie hungrig war, nahm Tee und Sandwiches, Wein und Kognak bunt durcheinander. Um den ausgestandenen Schreck und ihr Geheimnis zu verbergen, wurde sie lebhaft, berichtete vom Abend daß sie Marie Luise gesehen und Annemies Köfferchen über der ersten Parkettreihe geschwebt hätte.

Wolgers kam herein und überbrachte die letzten Meldungen aus der Klinik, die unverändert günstig lauteten. Man forderte ihn auf, Platz zu nehmen, bot ihm Kognak an, und er setzte sich ins Halbdunkel, schön wie Narziß mit funkelnden, hungrigen Augen.

Friedrich Karls Blick wanderte hin und her zwischen der Frau, die von der überstandenen Anstrengung erschöpft, matt im Stuhle lag, und dem schönen Jüngling, als wollten seine Wünsche ein Netz um die beiden weben. Er wurde lebhafter, aus seinem Auge leuchtete die suggestive Kraft, die seine Patienten willenlos in seine Hände gab. Leuchtfontänen gleich sprühte sein Geist von Witz, Sarkasmus, Wissen und bizarren Einfällen.

Er packte einen Begriff, drehte ihn nach allen Seiten, schleuderte ihn in die Luft, fing ihn wieder auf, ließ ihn verschwinden, zauberte ihn wieder hervor, völlig verändert, unkenntlich und doch überzeugend. Das waren die Augenblicke, in denen Carola ihn liebte und maßlos bewunderte. Doch wieder schossen seine

Blicke wie Weberschiffchen von Carola zu Wolgers und zurück, die Luft wurde schwül, wie geladen von seinem starken Willen, und es schien Carola, als rückten die Wände an sie heran, um sie an die beiden Männer zu pressen. Hastig stand sie auf, ohne das Ende eines Satzes abzuwarten, trat auf Wolgers zu und reichte ihm zum Abschied die Hand: sie müsse nun gehen, und auch für Friedrich Karl sei es Zeit, nach der Aufregung des Tages sich jetzt Ruhe zu gönnen.

Carola hatte niemals ergründen können, wie weit Wolgers in die Wünsche des Professors eingeweiht war. Doch glaubte sie, daß er nicht viel davon ahnte. Er entfernte sich widerspruchslos und schien so ihrer Vermutung recht zu geben.

Von Friedrich Karl begleitet, ging sie ins Schlafzimmer. Als sie aus dem Badezimmer zurückkam, lag er bereits ausgezogen im Bett, die Augen geschlossen, bewegungslos. Sie schlüpfte in ihr Bett, zog die Decke über, und im gleichen Augenblick löschte er die Lampe.

Carola lag ganz still, wagte keinen Finger zu rühren. Langsam und unabänderlich fühlte sie seine Hand auf sie zukommen, ihre Brust berühren, über ihren Leib gleiten.

Mit zusammengepreßten Lippen schrie sie: »Ich will nicht, ich will nicht!«

Aber näher schob sich Friedrich Karl heran, sein hastiger Atem strich über ihr Gesicht, kraftlos fühlte sie sich dem Manne ausgeliefert, einem unerträglichen, unentrinnbaren Schicksal.

In höchster Not schrie sie wieder lautlos: »Ich kann nicht, hörst du, ich will nicht!« und wußte verzweifelt, daß sie dem Gräßlichen doch nicht entrinnen könnte, daß er jetzt gleich zu sprechen beginnen würde.

Da keuchte ihr Friedrich Karl schon den Namen Wolgers ins Ohr, wie schön er sei, und wie berauschend es für sie sein müßte, ihn als Geliebten zu haben. »Würdest du ihn küssen, wenn ich dich darum bitte, würdest du dich ihm hingeben?«, stöhnte es an ihrem Ohr. Sie gab keine Antwort, fürchtete, die Lippen zu öffnen. »Warum antwortest du nicht? Gib Antwort, wenn ich dich frage!« Bittere Flüssigkeit spürte sie auf der Zunge, ihr Magen rebellierte, gereizt durch die verschiedenen Getränke und die erlebten Aufregungen. Kalter Schweiß bedeckte ihren Körper, sie warf krampfhaft den Kopf zur Seite. Friedrich Karl, jäh aus seiner Ekstase erwacht, drehte die Lampe an und blickte entsetzt auf die angstgeschüttelte Frau.

Carola machte eine hilflos abwehrende Geste. Sie versuchte ihr Hemd auszuziehen, und als Friedrich Karl ihr helfen wollte, sprang sie aus dem Bett, stürzte ins Badezimmer. Hier riß sie sich die beschmutzte Seide vom Leib, ließ Wasser in die Wanne, tauchte unter; aber von neuem schüttelte sie der Brechreiz, Krämpfe peinigten ihren Leib. Sie glaubte zu ersticken, rieb und wusch sich, goß ganze Ströme Kölnischwasser über sich. Erst als sie den Mund mit einer herben Flüssigkeit spülte, kam ihr langsam die Besinnung wieder, und ihr Kopf wurde klar. Nun wußte sie, was zu geschehen hatte: sie mußte fort!

Friedrich Karl rüttelte an der verschlossenen Türe. Er hatte eines der Mädchen geweckt und beauftragt, das Bett wieder frisch zu bereiten. Angstvoll erwartete er Carola.

Als sie aus dem Badezimmer trat, war ihr Gesicht hager und leuchtete fast vor Entschlossenheit, Einsamkeit und Willen. Er hatte eine Leidende erwartet und prallte jetzt zurück vor der unerklärlichen Verwandlung, die mit Carola geschehen war. Niemals würde er diese Frau begreifen können, nie ihr das Geheimnis ihres Wesens entreißen; dies war es, was ihn am meisten quälte, denn hätte er ihr Geheimnis, so hätte er auch die Frau besessen.

Sie zog ihn an der Hand nach dem Wohnzimmer. »Setz dich«, bat sie, »ich muß mit dir sprechen!« Und ohne ihm Zeit zu einer Entgegnung zu lassen: »Ich muß fort!« Friedrich Karl gab ihr recht: ihre Nerven seien wirklich in einem schlechten Zustand, eine Reise würde ihr gut tun. Er sei ganz ihrer Ansicht.

»Du mißverstehst mich; ich muß fort, ganz fort!«

Verständnislos starrte er sie an. Er hatte jetzt seine Sicherheit verloren, fühlte sich irgendwie schuldig, ohne sich indes völlig klar darüber zu sein, was er angerichtet hatte. Es war seine Art, nicht über diese Dinge nachzudenken, denn er hatte eine uneingestandene Angst, sich sonst in ein Labyrinth zu verlieren, aus dem es keinen Ausweg mehr gab. Unangenehme Tatsachen wollte er nicht sehen, schob sie weit von sich und tröstete sich damit, daß es der andere Teil ebenso halten würde.

Carola lächelte traurig: »Verstehe mich doch, ich will dich verlassen.«

Sein Gesicht wurde dunkelrot, er griff mit den Händen in die Luft und krampfte sie zusammen, kein Ton wurde laut.

»Ich muß fort«, sprach sie, »denn ich habe dich belogen.«

»Du hast mich belogen? Das soll wohl heißen, daß du mich wieder betrogen hast! Wer ist es?«

Traurig und nachsichtig lächelnd wehrte sie ab: »Kannst du mich denn noch immer nicht richtig verstehen? Nur durch meine Bereitwilligkeit habe ich dich belogen, aber ich kann dir nicht folgen, wohin du mich immer wieder ziehen willst. Ich wollte vorhin mich beherrschen, alles schweigend dulden und dir zu Willen sein. Doch da schrie es aus mir heraus, und ich mußte einsehen, daß ich ebensowenig meinen Magen daran hindern kann, sich zu übergeben, wie ich mein Empfinden zur Duldsamkeit zwingen kann.«

Friedrich Karl ließ sich in einen Lehnstuhl fallen und vergrub das Gesicht in die Hände. Eine große, drückende Schwüle lagerte im Raum. Sie sah, wie seine Hände seltsam ungeschickt den Kopf stützten, seine Beine hatte er in unnatürlicher Stellung weit von sich gestreckt, und sie fühlte, wie ein schmerzhaft brennendes Mitleid sie im Halse würgte. War er nicht wie ein kleiner, gescholtener Junge, der nur aus Trieb und aus Unkenntnis des anderen gefehlt hatte? Seine Reglosigkeit wirkte erschreckend, und so trat sie zu ihm hin und legte ihre Hand auf seinen Arm.

Er schnellte auf, die Augen voll Tränen: »Carola, bist du nicht mein einziger Kamerad? Und du konntest auch nur einen Augenblick den Gedanken haben, mich zu verlassen? Du bist müde, erschöpft von der Premiere. Ja, ich benahm mich wie ein Tier, aber du kannst doch nicht ernstlich die Absicht haben, fortzugehen. Sag' doch, daß es nicht wahr ist, daß du mit dem Gedanken nur gespielt hast! Sag' es doch!«

Er war vom Stuhl herabgeglitten und in die Knie gesunken. Sie strich ihm über den Kopf und blieb stumm, während er fortfuhr zu sprechen und ihr vorzustellen, wie unmöglich eine Trennung auch für sie wäre, deren versteckte Bürgerlichkeit des Umherziehens nicht gewohnt sei und eines festen Haltes bedürfe, eines gesicherten Nestes. Sie mit ihrem seltsamen Wesen würde keine wahren Freunde finden, nur Enttäuschung und Schmerz erleben, während er sie auf Händen tragen wolle.

»Vor deine Türe will ich mich legen, jedem Luftzug will ich

wehren, dich zu treffen«, schrie er, während seine Hände sie schüttelten, um ihr eine Antwort abzuringen.

Carola wurde von besinnungsloser Trauer erfaßt. Sie wollte leise Bernhard rufen, sah sich nach dem Telephon um, das ihr zuletzt seine Stimme zugetragen hatte, als könnte Hilfe von dort kommen. Dann aber fühlte sie wieder die unzerreißbaren Fäden, die sie an Friedrich Karl knüpften. Sie wurde sich bewußt, wie sehr er sie die ganzen Jahre hindurch behütet und sie befreit hatte von dem kläglichen Los Tausender ihrer Kolleginnen, denen materielle Sorgen keinen Augenblick Rast und Freiheit gönnten; wie ihre Aufnahmefähigkeit durch ihn geweckt und gewachsen war, wie sein immer reger Geist sie in Höhen geführt hatte, die ihr ohne Führer unerreichbar gewesen wären. Sie empfand die Last der unauslöschlichen Dankbarkeit und kniete schließlich nieder gleich ihm.

So lagen sie beide am Boden, auf den Knien einander gegenüber, starrten sich mit erhobenen Händen in die tränenerfüllten, verzweifelten Augen. Dann sprachen sie beide zu gleicher Zeit, konnten ihre Worte nicht verstehen und verstanden doch einer des anderen Schmerz. Carola fühlte sich langsam schwächer werden, ihren Widerstand schwinden. Sie spürte frühere Liebe und spätere Dankbarkeit ineinanderfließen und war jetzt entschlossen, auf Bernhard zu verzichten. Sie würde sich in Arbeit stürzen und fähig sein, zu vergessen.

Die flehenden Worte ihres Mannes hämmerten an ihren Kopf. Und so blieb von allem Kampf und Widerstreben schließlich nur der Wunsch nach Schlaf zurück. Sie hatte das Bedürfnis zu gähnen und wußte dabei, daß dies die Tragik der Situation nicht erlaubte. So verfiel sie aus der Hochspannung in eine Gleichgültigkeit, die ihr alles beinahe komisch erscheinen ließ: wie in einem schlechten Stück knieten sie beide auf der Erde. Der Fluch ihres Berufes erfaßte sie, plötzlich stand sie über dem Geschehnis, beobachtend, den andern belauernd, auf den eigenen Ton horchend. Der Bann war gebrochen, und nur der brennende Wunsch nach Schlaf wurde immer stärker.

Sie hörte noch Friedrich Karl schwören, daß er sie nie wieder gegen ihren Willen berühren würde. Das wirkte tröstlich. Warum also nicht bleiben? Bernhard konnte sie von Zeit zu Zeit sehen, alles würde noch gut werden. Und so nahmen sie sich bei den Händen, standen auf und gingen ins Schlafzimmer, taumelnd vor Müdigkeit.

Als Carola das frische, unberührte Bett sah, zögerte sie, blickte fragend den Mann an. Ob er sein Versprechen halten würde?

Friedrich Karl merkte ihr Mißtrauen und tat gekränkt. Sie solle doch nicht glauben, daß er so töricht wäre, jetzt alles wieder aufs Spiel zu setzen.

Nur Ruhe, nur Schlaf ersehnte Carola und fiel ins Bett; ihre Gedanken schwanden, das Bewußtsein erlosch, ihre Willensstärke erlahmte – da nahm er sie…

## 5

Beim Erwachen erhaschte sie eben noch einen Satz Friedrich Karls, der zu einer Operation stürmte und über hysterische Weiber zeterte, die mit ihrem Geheul und Getue seine Arbeitskraft zerstörten. Mit den Worten: »Das wird eine schöne Operation geben!« knallte er wütend die Türe hinter sich zu.

Carola erhob sich sogleich, das Erlebnis der Nacht lag jetzt in weiter Entfernung, wie ein undeutliches, fremdes Bild kam es ihr vor, das irgendwo an der Wand hing. Gedankenlos zog sie sich an und folgte einem unwiderstehlichen Trieb, als sie Seife, Zahnbürste und ein Nachthemd in ein Köfferchen packte, und wortlos die Wohnung verließ.

Im unteren Stockwerk stand Lya Ball auf der Lauer. Des Professors zerstörtes Gesicht mochte sie einen Ehezwist ahnen lassen, vielleicht gab es hier etwas Sensation zu naschen. So schlich sie, nachdem Friedrich Karl das Haus verlassen hatte und in die Klinik gefahren war, spähend die Treppe zur Wohnung hinauf.

»Gnädige Frau sind auch schon im Begriffe auszugehen?« Lyas Stimme hatte einen unangenehm falschen Ton.

»Ich muß leider einen Krankenbesuch machen, geben Sie bitte in der Wohnung oben Bescheid, daß ich wahrscheinlich nicht zum Essen komme.«

Eine dümmere Ausrede hätte ich gar nicht finden können, dachte Carola und suchte ihrer Stimme einen heiteren Klang zu geben, dann grüßte sie freundlich, schritt schnell die Treppe hinunter und versuchte auf den letzten Stufen sogar noch einen kleinen, forschen Pfiff.

Sie hatte keine Ahnung, was nun geschehen sollte. Sie wußte nur, daß sie aus diesem Hause fort mußte und Bernhard um vier Uhr nachmittags sehen würde. Doch was bis dahin unternehmen? Sie sprach sich Mut zu: nur nicht den Kopf verlieren!

Dann nahm sie ein Taxi, ließ sich nach der Friedrichstraße fahren und suchte ein Kaffeehaus in der Nähe des Bahnhofes auf.

Es war bereits später Vormittag. Eben angekommene Reisende saßen an den Tischen und aßen hastig ihr Frühstück. Da fiel Carolas Blick auf einen dicken Mann, der behaglich vor einer

Kanne Kaffee saß und dem der Kellner eben Eier und Schinken servierte. Wie er sich die Butter auf die frischen Brötchen strich und den kleinen Finger mit dem plumpen Ring immer hübsch wegspreizte! Klaps, nun schlug er einem Ei den Kopf ab und blickte selig lächelnd auf die beladenen Teller, dem schwierigen Problem nachgrübelnd, womit er beginnen sollte.

Neben diesem Manne wollte sie sitzen, auch Kaffee, Ei und Schinken bestellen. Sie rief den Kellner und bemerkte die Aufmerksamkeit, die ihre ungewöhnliche Erscheinung hier erregte. Es störte sie nicht weiter, sie war es gewohnt. Zeitungen wurden vor sie hingelegt, gedankenlos schlug sie die Seiten auf, immer wieder zu dem Manne hinüberschielend, der laut und mit Behagen seinen Kaffee schlürfte.

Politik, Börsennachrichten. – Hebbels Judith im Deutschen Schauspielhaus. Richtig, gestern. – Wann? Ach so, gestern war die Premiere gewesen?! – Ein kurzer Rückblick auf frühere Vorstellungen, ein gründlicher Verriß Burras: zu sehr im Äußeren stecken geblieben, – nur durch Stimmaufwand könne Kraft nicht dargestellt werden, – Matkowski sei eben doch ein anderer Holofernes gewesen.

Wie falsch, dachte Carola: Das Genie Matkowskis hätte sicherlich den der heutigen Zeit entsprechenden Stil gefunden, wie er ihn damals fand; aber wie unerträglich wäre es, stünde er heute auf der Bühne und spräche wie damals vor Jahren. Wir müssen uns immer wieder wandeln, sonst versteinern wir, und alles, was der Tag bringt – Politik, Brotpreis, Börse – muß uns beeinflussen, damit wir den Menschen nahe bleiben, deren Interessen um diese Dinge kreisen. Schon aus den Bildern der früheren Darsteller leuchtet uns ein Geist entgegen, den wir heute nicht mehr begreifen, genau so wäre es mit ihrer Ausdrucksweise, die uns heute belustigen würde wie ein Kleid von vor zwanzig Jahren.

Sie las weiter: »Carola Peters bot eine überaus ungleiche Leistung.« Dann einige gleichgültige Worte und schließlich: »Diese Frau bringt es sogar fertig, durch ihre große Routine Gefühl vorzutäuschen... doch vermag sie nie uns wirklich zu rühren.« Der Kritiker hatte recht. Was gingen ihn auch ihre persönlichen Gefühle an. Was sollte er mit ihrer Unausgeglichenheit beginnen! Sie war nicht imstande, auch nur eine Rolle zu spielen, ohne daß sie die ganze Last ihres verworrenen Lebens im Nacken fühlte. Aber das Publikum hatte das Recht, eine einheitliche Leistung zu fordern, eine konzentrierte Gestaltung der Leiden Judiths und nicht die Wirren der Carola Peters. Sah und erkannte man doch nur Bethulien und Holofernes, während Friedrich Karl, Bernhard Merzbach und Wolgers als unbekannte Mächte hinter den Kulissen standen. Die Drähte, an denen Judith-Carola hing, wurden keinem sichtbar.

Der Kellner knallte das Brett mit den bestellten Speisen auf den Tisch. Wahllos stopfte sie alles in sich hinein, stürzte hastig den Kaffee hinunter. Der Gaumen war unempfindlich, aber der Magen fing an zu arbeiten und gab dem fröstelnden Körper Wärme. Der dicke Mann neben ihr war bereits beim Zahnstocher angelangt, den er jetzt graziös in alle Zähne bohrte.

Sie las weiter in der Zeitung, als ein donnerndes »Grüß Gott, gnädige Frau« sie aufschrecken ließ. Unweit von ihr hatte sich ein junger Schauspieler, offenbar mit seiner Freundin, niedergelassen.

»Fabelhafte Kritik!« schmetterte es ihr entgegen.

Wahrhaftig? Sie war ihr schlecht vorgekommen, aber richtig, da standen ja noch lobende Worte. Verloren sah sie den Stimmhelden an, mit einem ihrer gleichgültigen Blicke, die sie bei ihren Kollegen so unbeliebt gemacht hatten; winkte dem Kellner, zahlte und entfernte sich.

Draußen hastete der Menschenstrom mit verstärkter Macht. Carola nahm, gewohnt, diese Straße immer sehr eilig, auf der Jagd nach Schuhen, Handschuhen und dergleichen zu durchstreifen, unwillkürlich das gleiche Tempo an. Sie fürchtete, man könnte ihr ansehen, daß sie nicht wußte, wie sie die nächsten Stunden verbringen sollte, und so täuschte sie mit raschen Schritten Eile und Geschäftigkeit vor.

Sie gelangte Unter die Linden. Hier floß der Lebensstrom breiter und gemächlicher, man ließ sich Zeit, ging langsam spazieren, blieb vor dieser oder jener Auslage stehen. Aus den Hotels traten die Fremden, die sich um zwölf Uhr mittags noch als Frühaufsteher vorkamen. Das Köfferchen in ihrer Hand war so klein und zierlich, daß sie jetzt auch als Spaziergängerin angesehen werden konnte.

Kein einziges Mal kam ihr der Gedanke, nach Hause zu gehen,

es war, als seien fünfzehn Jahre für immer aus ihrem Leben ausgelöscht, als hätte sie nie in jenem Haus im Westen gewohnt. Als sie sich auf dieser Erkenntnis ertappte, nahm sie rasch den Weg durchs Brandenburger Tor in den Tiergarten, setzte sich auf eine leere Bank und versuchte, ihre Lage zu überdenken.

»Ist es Gefühlsarmut, ist es Beschränktheit, daß ich mich so befreit fühle, als wäre es mein gutes Recht, frei zu sein? Fast bin ich fröhlich, denn ich weiß, daß ich nie mehr in die Hölle zurückkehren werde. Mag es herzlos sein, undankbar, verwerflich – jedes Geschöpf will leben, hat Luft und Freiheit nötig. Lieber arm und unbehütet in einem schäbigen Hotelzimmer schlafen, aber wissen, daß, wenn man abends nach dem lauten Tag die Türe hinter sich zuschlägt, kein anderer den Schlüssel besitzt, um einzudringen.

Sie sah dem Tanz der blassen Sonnenflecken zu und freute sich an ein paar vorwitzigen Spatzen, die sie mit altklugen Großstadtaugen von der Seite beguckten. Der eine hüpfte so spaßhaft näher, daß sie auflachen mußte. Als der kleine helle Laut ihrer Kehle entflohen war, blickte sie erschrocken in die Luft, als könnte sie ihm nachsehen: sie saß doch nicht zu ihrer Erheiterung hier, wollte vielmehr einen schweren Entschluß fassen, der reiflich zu überdenken war. Aber wie stets in solchen Fällen, wenn sie überlegen wollte, liefen ihre Gedanken hurtig durcheinander und sie blieb sitzen, ruhig und zufrieden die Spatzen betrachtend, ohne an die nächsten Stunden zu denken.

Die Allee belebte sich, – wurde wieder einsam. Sie hatte ganz das Gefühl für die Zeit verloren und merkte plötzlich erstaunt, daß zwei Uhr vorüber war. Zwei Stunden nur noch bis zum Wiedersehen mit Bernhard.

Zu Hause würde man jetzt auf sie warten; es war das erstemal in ihrer Ehe, daß sie nicht zum Essen kam, ohne einen Grund bekanntzugeben.

Da fiel ihr ein, sie könnte zu ihrem Rechtsanwalt gehen; er war befreundet mit ihr und würde sie auch außerhalb der Sprechstunde empfangen. Sie stand auf, um ein Taxi zu nehmen, aber ihre Beine zitterten so, daß sie beinahe einknickte. Die Spatzen flogen mit einem Gezwitscher, das wie ein Lachen klang, fort.

Sie nahm ihre ganze Kraft zusammen, erreichte einen Wagen, saß dann vor dem Rechtsanwalt, wie in einem Traum, an den Vorgängen interessiert, aber im Grunde unbeteiligt.

Ihre Eröffnung, sie wolle sich scheiden lassen, wurde zunächst nicht ernst genommen, bis der entschlossene Ausdruck ihrer Augen den Anwalt eines anderen belehrte. Dann besprach er den ganzen Fall mit ihr und, näher eingeweiht, wollte er wissen, was als Scheidungsgrund angegeben werden sollte.

»Ich will nicht allen Schmutz in die Öffentlichkeit zerren«, sagte sie, »alles soll ruhig und möglichst reinlich geschehen. Fünfzehn Jahre haben wir miteinander gelebt, Grund genug, sich beim Scheiden nicht mit Steinen zu bewerfen.« Der Anwalt meinte, vor Gericht würde ein Schuldbekenntnis des einen oder anderen Teils nötig sein.

Das könne man schließlich in Frieden überlegen, erwiderte Carola. Es wäre traurig, wenn in einer Zeit, da die Frau vielfach für sich selbst sorgen muß, die bloße Erklärung nicht genügen sollte, daß die Ehe zerrüttet ist. Die Frauen seien sich heutzutage eben über Gefühle klar geworden, die ihnen früher nicht zu Bewußtsein kamen. Sollen alle Psychoanalytiker umsonst gelebt und gearbeitet haben? – Oder könne man über die Erkenntnis einfach hinweg gehen, daß im Zusammenleben zweier Menschen Gegensätze solch entscheidende Wirkung auslösen könnten, daß sie zur Trennung führen müssen? – Sei dem Gericht nicht bekannt, daß ein Ehebruch leicht wiege gegen derartige Erlebnisse? – Habe der ganze, harte Existenzkampf der Frauen nicht aufklärend in diesem Sinne wirken können?

Der Anwalt verneinte achselzuckend. »Ich verstehe Sie, kann es aber nicht ändern. Ein geheimer Zwang veranlaßt die Menschen, sich in Dingen der Liebe und Ehe noch immer zu belügen.« Sie schied von ihm mit der nochmaligen Bitte, die Scheidung vorsichtig und diskret in die Wege zu leiten.

Inzwischen war es Zeit geworden. Das Kärtchen, auf dem Bernhard die Adresse der Wohnung vermerkt hatte, hielt sie krampfhaft in der Hand, ließ dann das Auto an einer Ecke halten, verbarg ihr Gesicht hinter dem Pelzkragen und trat hastig ins Haus, die Treppen hinauf. Im Dunkel sah sie einen Lichtstreif, stürzte auf die Türe zu, die sich sofort öffnete, und schlüpfte hinter Bernhard ins Zimmer.

Er nahm sie in seine Arme und zog sie auf das kleine Sofa. Sie kauerte sich mit beiden Füßen auf den Diwan und preßte ihre Nase an seinen Hals, drückte sich eng an ihn, schlang ihre Hände um seinen Rücken und fühlte nur das Bedauern, ihren Körper nicht von allen Seiten an ihn lehnen zu können. Im langen Schweigen fühlten sie Mund an Mund ihre Liebe. Dann fiel sie von ihm ab und sah ihm starr in die Augen:

»Heute früh habe ich Friedrich Karl für immer verlassen.«

Da er nicht gleich antwortete, wurde ihr Lächeln zaghafter und kindlicher. Endlich fand er Worte und fragte, was geschehen sei.

Sie vermochte es nicht, in Ruhe zu antworten, denn die Überlegenheit, die sie dem Rechtsanwalt gegenüber aufgebracht hatte, verließ sie jetzt, da sie sicher war, sich ganz mitteilen zu dürfen. Aber Bernhard, der bereits den größten Teil ihres Lebens kannte, erriet den Rest und sagte schließlich in seiner stillen gütigen Art: »Du hast recht getan.« Dann strich er über ihr Haar und wollte ihr Zeit lassen, sich zu beruhigen. Denn ohne daß sie es merkte, ohne daß sie den Mund verzog, rannen Ströme von Tränen über ihre Wangen, und ihr Gesicht war unbeweglich, wie versteinert.

Sie sah Bernhard von der Seite an, wie er so ruhig und nachdenklich dasaß und plötzlich faßte sie ein Gedanke, der ihr das Blut in den Kopf trieb. Meinte er etwa, sie würde ihm Verpflichtungen aufladen?

Mit harter Stimme sagte sie: »Du darfst nun nicht denken, daß ich mich an dich hängen, dir zur Last fallen werde. Ich brauche dich nicht, ich brauche niemand! Wir haben zusammen geschlafen – voilà – wir werden es wieder tun oder nicht, das ist alles!«

Als Antwort kam ein leises, gutes Lachen und Bernhard begann von neuem ihren Kopf zu streicheln:

»Willst du dich nicht daran erinnern, daß ich dich über alles in der Welt liebe? Verstehst du nicht, daß ich deine Lage erst reiflich überdenken muß, um nur das Beste für dich zu tun?«

Sie kauerte sich wieder nahe zu ihm, ein wenig müde und schläfrig. Sie wußte nur eines: »Das Beste« war, so still zu liegen, seine Hand auf dem Kopf zu fühlen und zu wissen, daß man endlich einen Menschen gefunden hatte, der sich sorgte, darüber nachdachte, was für sie – nein, das war unausdenkbar, das war, wie man es sich als Kind erträumt. Da kam ein Mann des Weges und sprach: alles will ich für dich tun, sei nur ganz ruhig! Das war ja der Cherubin, der himmlische Wanderer, der sagte... sagte...

»Was möchtest du, daß jetzt zunächst geschähe«, weckte sie Bernhards Stimme. Sie hatte einen Augenblick geschlafen und fühlte sich wieder ganz frisch.

»Ich werde Berlin verlassen«, erklärte sie, »für alles weitere wird mein Anwalt sorgen. Er ist klug und gewandt, ich kann ihm vertrauen.«

»Du tust recht, zu verreisen, bis alles vorüber ist. Man kann nie wissen, wozu der Professor fähig ist. Inzwischen will ich mit Sibylle sprechen.«

Ja richtig: Sibylle! Da war ja noch das verzogene, vom Vater verzärtelte Mädchen, seit jeher gewohnt, ihren Willen zu haben.

»Sibylle hat sich verlobt, sie will aber, es soll noch ein Geheimnis bleiben. Jedenfalls dürfte sie bald das Haus verlassen. Nur noch kurze Zeit, dann bin ich allein, und wir können tun, was uns beliebt.«

Das klang tröstlich. Ein leises Wohlbehagen kam über sie, wie vormittags im Tiergarten, fast hätte sie angefangen zu schnurren wie eine Katze.

Es würde also noch alles gut werden: Friedrich Karl würde vielleicht im Grunde froh sein, sie so leicht los zu werden, sein Verhalten ihr gegenüber konnte man doch nicht Liebe nennen. Ihre Art verstimmte und reizte ihn offenbar, sicher war er auch berechtigt, mehr zu erwarten, als sie ihm jetzt noch zu geben vermochte.

Das Bett im Nebenzimmer blieb diesmal unberührt, und Carola dankte es dem klugen Manne, daß er der Erschöpften Zeit zur Sammlung ließ.

Sie nahmen Abschied mit dem Versprechen, einander zu schreiben. Es war ihnen, als hätten sie in dieser einen Stunde Jahre mitsammen verlebt.

# 6

In einem kleinen Hotel auf dem Lande fand Carola Zuflucht.

Ihr Anwalt hatte inzwischen durch vorsichtiges und geschicktes Verhandeln eine leidliche Verständigung mit Friedrich Karl erzielt. Zunächst war der Mann völlig gebrochen gewesen, um alsbald in tobenden Widerstand zu verfallen. Als er schließlich die Aussichtslosigkeit seines Sträubens einsehen mußte, gab er nach. Wolgers, den der Anwalt, mehr aus klugen als aus anständigen Erwägungen, zugezogen hatte, trug sein Teil zu dieser Lösung bei.

Der berühmte Patient war geheilt entlassen worden und ließ in den Zeitungen die große Trommel für Friedrich Karl rühren, dem der Erfolg im Beruf über den Verlust der Frau hinweghalf. Er geriet nun ganz unter den Einfluß Wolgers', der allerdings schlau genug war, die wahren Beziehungen zwischen ihnen verborgen zu halten.

Mit dem Theater gab es allerhand Schwierigkeiten. Carola hatte die Stadt kurzerhand noch am selben Abend verlassen und dem Theater dadurch einige Verlegenheit bereitet, was in der Folge böse Reden aufwirbelte. Wohl konnte sie eine plötzliche Erkrankung vorschützen, doch wurde ihre Rücksichtslosigkeit darum nicht minder übel vermerkt. Als dann noch bekannt wurde, daß sie ihre Scheidung erwarte, fiel die ganze Meute der Neider und Hasser über sie her. Ihre allgemeine Unbeliebtheit wurde ihr jetzt bitter vergolten, man konnte sich nicht genugtun in Gehässigkeiten, übler Nachrede. In ihrer Weltabgeschiedenheit merkte Carola nichts von alledem.

Das kleine Hotel hatte jetzt im Winter nur wenige Gäste. Da es ein Kurort war, standen die meisten Häuser zu dieser Jahreszeit leer. Die Ortsansässigen waren viel zu träge, um ihr besondere Beachtung zu schenken, man wußte kaum, wer sie war, nur der Wirtssohn trug freudestrahlend alle Zeitungen zusammen, die ihr Bild gebracht hatten.

Täglich kam ein Brief von Bernhard, ein paar einfache, ungelenke Sätze, die zuerst enttäuschten. Carola war an die seltenen, aber blendenden Briefe ihres Mannes gewöhnt und vermißte daher in diesen blockigen Sätzen Bernhards alle Leidenschaft und alle Wärme. Doch bald schenkten ihr diese schlichten Briefe eine eigenartige Beruhigung, schließlich mußte sie sie immer bei sich haben, immer wieder lesen und des Nachts unter ihrem Kopfkissen wissen. Wie ein Backfisch kam sie sich vor und sie lächelte über ihre kindliche Verliebtheit.

Am Tage streifte sie in der Gegend umher und genoß jeden Sonnenstrahl. Dann konnte sie stundenlang untätig im Freien sitzen. Der Winter war mild. Sie dachte darüber nach, wie jung sie sich plötzlich vorkam, führte ein Taschentuch von Bernhard, das sie zufällig gefunden hatte, an ihre Lippen, mußte sich selber auslachen, schämte sich über ihr verliebtes Getue, träumte immerzu von der einen Stunde in seinen Armen und versagte es sich, an Friedrich Karl zu denken. Das waren die guten Stunden.

Abends aber, wenn es früh dunkelte, hatte das Städtchen etwas Böses und Grämliches, und da war es, als kröchen gespenstige Hunde aus allen Winkeln hervor und jagten sie. Alle Aufregungen der vergangenen Monate durchlebte sie dann noch einmal, alles Böse, das sie hatte erdulden müssen: die Nächte mit ihrem Manne – Wolgers – die Premiere – die letzte Nacht, das alles wirbelte in rasendem Tempo durch ihren Kopf, bis sie ins Laufen kam und wie ein Gespenst durch die stillen Anlagen raste.

Dann folgte das Abendessen im Hotel. Die Zimmer waren muffig, ungemütlich; immerhin war man unter Menschen, die schwatzten und sich sonderbar benahmen, die sie von ihren peinigenden Gedanken ablenkten.

Nachts aber, wenn die quälenden Vorstellungen unerträglich wurden und sie wie böse Wölfe bedrängten, flüchtete sie zu ihren Schätzen, den Briefen und dem Taschentuch. Sie klagte sich der Pflichtvergessenheit gegen Friedrich Karl an, machte sich Vorwürfe, daß sie nicht bei ihm ausgehalten hatte, um ihn vor Wolgers und seiner eigenen Schwäche zu schützen. Der kindliche Zug, der sie so oft an ihm gerührt hatte, kam ihr ins Gedächtnis. War sie wie eine Gefangene nach langer, grausamer Haft, die die Freiheit nicht mehr fassen und ertragen konnte?

Eines Tages, als die Sonne wieder gnädig war, sah sie von ihrer Bank in der Ferne eine fremde Erscheinung auftauchen, die für diesen kleinen Ort zu elegant schien, und beim Näherkommen ein bekanntes Gesicht: es war Marie Luise, die hier ihre tadellosen Sportschuhe spazieren führte. Carola winkte ihr, doch die Schwägerin, offenbar in feierlicher Mission, grüßte nur gemessen, ohne ihre Schritte zu beschleunigen, stieg bedächtig die Anhöhe empor und kam auf Carola zu, die derart verblüfft war, daß sie aufzustehen vergaß. Nach ernster Begrüßung bat Marie Luise, Carola möge mit ihr nach dem Hotel gehen, wo die andern sie erwarteten.

Beim Anblick Marie Luises in elegantem Sportdreß – ein wenig zu schick, doch das war sie immer –, kein Bändchen verrückt, mit hurtig hin und her eilenden Vogelaugen, schwand das belustigte Lächeln aus Carolas Gesicht, und ein bleierner Deckel schloß sich über ihr: jetzt war sie wieder gefangen. Unter üblichen Redensarten näherte man sich dem Hotel, und als man es erreicht hatte, war die wichtige Frage: »Und wie geht es dir?« zum fünften Male aufgeworfen worden.

Wahrhaftig, da standen sie alle aufgepflanzt in dem kleinen Salon, der von Muffigkeit erfüllt war und dessen Möbel ein bedrückendes, griesgrämiges Aussehen hatten.

Augenblicklich schrie Annemie ihr entgegen: »Du mußt sofort zu deinem Mann zurück! Wir sind gekommen, dich zu holen.«

Die unbeherrschte Stimme der Tauben hatte es so laut hinausgeschrien, daß die Nichte des Wirtes hinter der Theke ihren Schmöker beiseitelegte, zur Türe stürzte, um zu horchen, und gleichzeitig alle erreichbaren Gäste mit aufgeregten Gesten und mit scharfem »St! St!« zusammenrief.

Arno Löwenthal zog Annemie nach dem Hintergrund und ließ Max und Albert den Vortritt. Adela war nicht mitgekommen, denn sie haßte Szenen und zog es vor, einen Tag im Bette zu liegen und ihren Körper zu pflegen, angetan mit ihres Herzens Freude, ihrer dicken Perlenkette. Bertchen aber hatte sich gestern einen vorderen Stiftzahn ausgebrochen und mußte fürchten, infolge der Zahnlücke nicht nur das Geheimnis ihres Gebisses zu enthüllen, sondern auch die Familie nicht würdevoll genug zu repräsentieren.

Also standen nur Max, Albert und Marie Luise vor Carola, die sich sogleich hinter ihrer kühlen Überlegenheit verschanzte und sich wie mit einem Schuppenpanzer wappnete.

Max ergriff als erster das Wort. Sie seien gekommen, Carola zu ihrem Manne zurückzuholen, der schwer unter der Trennung litte. Nur um seinetwillen hätten sie die bittere Aufgabe übernommen, denn Carola verdiente ihre Bemühungen gewiß nicht.

Carola unterbrach: »Warum verdiene ich sie nicht?«

Max schien verlegen, suchte nach Gründen und meinte schließlich, das stünde doch hier nicht zur Debatte. Aber Carola verbiß sich geradezu in diese Worte.

»Ihr kennt mich jetzt fünfzehn Jahre, das ist immerhin eine Spanne Zeit«, sprach sie und fühlte, wie gegen ihren Willen die Stimme zitterte, »habt ihr mir jemals geholfen? Als ich eure Hilfe anrief, habt ihr mich da nicht abgewiesen, weil ihr in eurer Bequemlichkeit nicht gestört werden wolltet? Die ganzen Jahre über habt ihr mir nur Mißtrauen und Kälte entgegengebracht. Warum? Weil ich Schauspielerin bin! Sollte man nicht meinen, daß man auch nach dem Menschen sehen müßte und nicht nur auf den Beruf? Oder habt ihr mich vielleicht gehaßt, weil ich von anderer Rasse bin, weil ihr nicht immer alles an und in mir verstehen konntet? Aber vielleicht hätte es sich doch verlohnt, sich etwas näher mit mir zu befassen! War ich für euren Bruder nicht die Frau, die er geliebt hat, und die ihm stets und trotz allem ein guter Kamerad war?«

Carola mußte innehalten, ihre Stimme wurde von Tränen erstickt, ihre Kehle war wie zugeschnürt.

Max, dem der gänzlich verstummte und erschrockene Albert nicht zu Hilfe kam, wollte eben zu einer Erwiderung ansetzen, als Marie Luise mit giftigem Blick dazwischenrief: »Und deine Liebhaber, die wir dulden mußten?«

Erlösung für Carola. Sie mußte lachen und entgegnete: »Wen habt ihr denn geduldet und wer waren meine Liebhaber, die ihr dulden mußtet? Und übrigens: war Friedrich Karl treu?«

Max fühlte, daß die Lage zu seinen Ungunsten umschlug. Hinter der Türe quietschte die Nichte des Wirts: »Himmlisch«, der Wirtssohn, vor Aufregung nasebohrend, flüsterte: »Ist das ein Kerl von einer Frau!«

Max ordnete wieder den Schaukasten seiner Argumente und legte von neuem seine Waren aus: »Friedrich Karl war allerdings nicht treu, das wußtest du doch längst; also durftest du nicht plötzlich davonlaufen, nachdem du es fünfzehn Jahre lang geduldet hattest.«

»Ach so«, rief Carola, »du meinst, weil ich durch fünfzehn Jahre seine Untreue mitangesehen habe, darf ich im sechzehnten Jahr nicht sagen: nun habe ich genug davon?! Aber beruhige dich, darin liegt nicht die Ursache. Den wahren Grund wolltet ihr nicht verstehen, als ich ihn euch angedeutet habe. An seiner Perversität lag es...«

»Wirf nicht mit großen Worten um dich«, wandte Marie Luise ein, während sie vor Wißbegierde zitterte.

»Du hast recht, es klingt so mitleidslos und ist vielleicht auch nicht das richtige Wort. Ich will es euch anders begreiflich machen: Friedrich Karls Wünsche gingen nach einer anderen Richtung als die meinen: das war es, was ich nicht länger ertragen konnte.«

»Wie merkwürdig, derlei erst nach fünfzehn Jahren zu erkennen, noch merkwürdiger aber, sich gegebenenfalls nicht ein wenig anpassen zu können«, warf Max dazwischen.

Carola gab sich Mühe, ihn zu überzeugen: »Gar nicht merkwürdig, denn je älter der Mensch wird, desto stärker prägen sich Anlagen, die vorher vielleicht nur im Keim vorhanden waren, in ihm aus; dem Bestreben, sich anzupassen, stehen selbst bei größter Liebe nicht nur psychische, sondern auch physische Hemmungen entgegen.«

»Also was tun?«

»Man muß auseinandergehen, ruhig, mit Bedauern, aber entschlossen.«

»Dann allerdings«, meinte Max, »hätten wir einander nichts weiter zu sagen.«

Doch nun war es Arno, der den Kampf aufnahm. Schließlich war man doch nicht hierhergereist, um schon in der ersten halben Stunde die Waffen zu strecken. Er verstand, was Carola meinte. Immer schon hatte er am meisten Sympathie für sie gehabt, ja er liebte sie auf seine Art.

»Du wirfst uns vor«, sagte er, »wir hätten dir nie geholfen, aber wann bist du zu uns gekommen und hast offen gesagt, daß du unsere Hilfe nötig hattest? Hast du dich nicht immer von uns abgesondert?«

»Allerdings«, gab Carola zu, »ich kam zu euch nur ganz schüchtern, aber ihr wolltet mich nicht bemerken, und dann blieb ich euch fern, weil ich fühlte, daß euch mein Wesen fremd war und ihr, wie so viele andere, den Begriff ›fremd‹ der Bedeutung von ›schlecht‹ gleichstellt. Jude und Christin können sich leicht verstehen, wenn ihre gegenseitige Liebe der Dolmetsch ist; aber eine Christin in einer jüdischen Familie ist verloren und wahrscheinlich geht es einer Jüdin unter Christen ebenso. Meine Ahnen wurden gemartert, die euren gefoltert, also haben wir nichts voreinander voraus. Später aber, während meine Vorfahren in Freiheit lebten, mußten die euren sich demütigen, wodurch ihr Stolz sich nur noch mehr ausprägte. Eure Unterdrückung schärfte euren Blick für Kleines und Nichtiges, das mir gar nicht bewußt wird. Und so gehe ich unbekümmert meines Weges, dumm, aber geradeaus, ihr aber blickt euch klug nach allen Seiten um, seht zuviel und lauft deshalb im Zickzack. Dabei beneidet ihr mich um meine Sorglosigkeit, ich aber beneide euch vielleicht um eure Klugheit. Doch das alles sage ich nur, damit ihr ein wenig über die Dinge nachdenkt, von denen ihr fünfzehn Jahre lang nichts wissen wolltet.«

Die Lauscherin hinter der Türe wollte applaudieren wie im Theater, besann sich aber und steckte schnell ein Stück Schokolade in den Mund, so groß, daß sie ihn nicht schließen konnte und ihr der Schokoladensaft aus den Mundwinkeln tropfte.

Die Familie war verstummt und betreten. Nur Annemie hatte nicht recht gehört und schrie:

»Was Zickzack! Was gerader Weg! Zu Friedrich Karl mußt du zurück!«

Auch Albert trat vor und versuchte sein Heil:

»Du mußt zurück zu ihm, schon deshalb, weil man ihn nicht allein lassen darf. Dieser Wolgers, der jetzt stets um ihn ist, gefällt mir gar nicht, am Ende gibt das noch einen Skandal. Das muß um jeden Preis verhindert werden.«

»Aber nicht um den Preis meiner Existenz«, entgegnete Carola. »Jetzt seht ihr die Gefahr auf einmal ganz klar; aber als alle Verantwortung mir aufgebürdet werden konnte, wolltet ihr sie nicht wahrhaben. Jetzt möchtet ihr euren Namen vor etwaigen Skandalen schützen, und ich soll der Preis sein. Jetzt beginnt ihr einzusehen, daß meine Rolle im Leben Friedrich Karls doch nicht so unwichtig war. Aber jetzt ist es zu spät, nun bin ich einmal fortgegangen und kehre nicht mehr zurück.«

»Also du bleibst bei deiner Weigerung und willst dir deine Antwort auch nicht nochmals überlegen?« stammelte Max.

»Es gibt nichts mehr zu überlegen! Aber ich möchte, ihr sollt Friedrich Karl sagen, daß mir alles sehr leid tut, so leid, wie nichts auf der Welt, und daß ich ihm wünsche, er möge den Menschen finden, den er sich immer erträumt.«

»Sentimentales Geschwätz«, knurrte Marie Luise, während sie enttäuscht in ihren Sportpelz schlüpfte. Sie hatte erwartet, Carola würde dem Ansturm der Familie nachgeben. Dann hätte man hier ein nettes, kleines Souper arrangieren, die Spießer verblüffen und daheim einen Versöhnungsball veranstalten können. Annemies Köfferchen zitterte, Max und Albert blickten verbissen, doch im Grunde atmeten sie erleichtert auf, denn sie konnten die überlegene, abweisende Frau nie recht leiden.

Nur Arno trat auf Carola zu und sagte: »Was auch geschehen ist, ich bleibe dein Freund!« Dann waren sie alle schnell verschwunden.

Carola blieb allein zurück, müde, traurig und doch erleichtert. Das war der letzte Ruf aus ihrem früheren Leben gewesen.

Nach einigen Tagen erfuhr sie, daß kein Widerstand mehr zu erwarten war und die Scheidung bald ausgesprochen würde. Die Formalitäten wurden in ihrer Abwesenheit abgewickelt. Dann war sie endgültig frei.

## 7

In Paris im Hotel Meurice erhielt Bernhard Merzbach folgenden Brief:

»Lieber Schwager!

Lange schwankte ich, ob ich zur Feder greifen soll, aber meine Pflicht Deiner Tochter gegenüber zwingt mich dazu. Der Skandal nämlich, in den die Wolfsbergs verwickelt sind, greift auch unseren guten alten Namen an, und wenn ich auch nur angeheiratet bin, so trage ich doch nach meinem seligen Kurt den Namen Merzbach mit Stolz und fühle mich mit ihm verbunden.

Man bringt die Peters mit Dir in Verbindung und sagt, sie sei Dir nachgelaufen. Ich kann mir zwar nicht vorstellen, daß Du etwas an ihr findest. Sie ist nicht jung und nicht hübsch. Aber Du als Witwer bist ja vollkommen frei. Ich würde mir nie erlauben, Dich über Dein Leben auszufragen, aber da ist Sibylle, gegen die ich als Tante Pflichten habe.

Kurz vor Deiner Abreise kam unser Liebling zu mir und warf sich mir schluchzend an die Brust. Sie erzählte mir, alle Welt spräche davon, daß Du die Peters heiraten willst und daß sie eine Stiefmutter nicht ertragen könnte, und eine solche noch dazu. Sie liebt ihr Väterchen doch so innig und möchte ihn ganz für sich behalten. Die Peters hat ja früher viel bei Euch verkehrt, aber kein Mensch wußte, was hinter ihrer Verstecktheit zu suchen ist; jetzt aber weiß man es. Sie hat die unglaublichsten, lasterhaftesten Dinge getrieben und der Schluß war, daß sie mit dem jungen Kerl, dem Wolgers, ein Verhältnis anfing, d. h. der junge Mensch, der sehr am Professor hängt, wurde von dieser Person förmlich vergewaltigt.

Aber das ist noch nicht das Schlimmste. Sie hat sich dann absichtlich dabei überraschen lassen und den Professor zwingen wollen, ein Verhältnis zu dritt anzufangen. Da hat dann schließlich Wolfsberg, der immer noch gehofft hatte, sie würde sich bessern, sie hinausgeworfen.

Ich schäme mich wahrhaftig, Dir von diesen Dingen zu schreiben, aber Du bist vielleicht auch blind und weißt die Wahrheit nicht, die jetzt erst herauskommt. Es kommt eben alles an das Licht der Sonnen.

Unser Liebling weiß die ganze Geschichte auch, denn die Stadt ist voll davon. Sie sagt immer nur: ›Tante Martha, glaubst du, daß Väterchen sie wirklich liebt? Dann gehe ich ins Wasser. Er soll doch warten, bis ich heirate. Dann ist er mich los. Bis dahin aber muß er mir versprechen, sich nirgends mit dieser Person zu zeigen, sonst kann ich mich nicht mehr unter Menschen sehen lassen.‹

Wie sie so vor mir stand in ihrer holden Anmut, und ich mir daneben die Peters vorstellte, der man schon am Gesicht ansieht, daß sie zu jeder Gemeinheit fähig ist, da brach mir fast das Herz. Darum, lieber Schwager, greife ich zur Feder und schildere Dir Sibyllens Zustand. Sie ist Dein einziges Kind, Deine verstorbene Frau war ein Engel und hat dir dieses Pfand hinterlassen. Sprich Dich doch mit Sibylle aus. Bedenke aber, daß sie sehr zart ist, daß sie schwere Anfälle bekommt, wenn sie sich aufregt und daß Du nur dieses einzige Kind hast. Nimm mir meine Offenheit nicht übel, es war meine Pflicht, Dir die Wahrheit zu sagen.

Amüsiere Dich gut in Paris und bringe mir Seife mit, sie ist dort billiger. Der angeheiratete Schwager von Rosl läßt Dich bitten, ihm einen Tip zu geben. Er möchte etwas Geld gut anlegen, die Papiere fallen doch jetzt, und er möchte gerne daran etwas verdienen, damit er in drei Wochen, wenn sein Urlaub beginnt, eine hübsche Reise machen kann.

Also schone unsern Liebling und vergiß die Seife nicht.

Deine getreue Schwägerin
Martha.«

Merzbach ließ sein Frühstück stehen und begann im Zimmer auf und ab zu wandern. Er hatte schon Ähnliches kommen sehen und Sibylle deshalb mit auf die Reise genommen, um alles Gerede von ihr fernzuhalten. Nun war es doch zu ihr gedrungen und stellte ihn vor die Notwendigkeit, mit seiner Tochter zu sprechen. Derlei Auseinandersetzungen waren ihm unangenehm, denn er hatte erfahren müssen, daß er am Ende immer nachgeben mußte. Er war der Sklave seines Kindes, wußte es und konnte doch seinen Willen diesem Mädchen gegenüber, das er stets um sich wünschte, nicht durchsetzen.

Als seine Frau starb, war Sibylle zwei Jahre alt. Der Verlust der Mutter hatte ihn nicht besonders tief getroffen, aber das kleine Ding, das so geheimnisvoll mit ihm zusammenhing, sein winziges Abbild war, nach allem die Hände ausstreckte und sich mit den Beinchen gegen seine Knie stemmte, zeigte sich schon damals als sein Tyrann.

Zu jener Zeit war er noch unbekannt gewesen, abhängig von seinem Vater, der ein kleines, solides Bankgeschäft besaß. Nach Jahren des Streites war Bernhard aus dem Geschäft ausgeschieden, da er sich angeblich als gänzlich unbrauchbar erwiesen hatte. Die kleine Rente, die ihm sein enttäuschter Vater aussetzte, verwandte er für Reisen. Sein lebhafter Geist sehnte sich nach neuen Anregungen und nach fernen Ländern. Überallhin nahm er Sibylle mit. So viele Abenteuer ihn auch lockten, stets kehrte er rechtzeitig ins Hotel oder in seine kleine Wohnung zurück, stets war er da, wenn sie erwachte.

Der Krieg machte den Reisen ein Ende. Infolge eines gebrochenen und schlecht verheilten Fußknöchels wurde er für Kriegsdienste untauglich erklärt und so trat er wieder in das Bankgeschäft seines Vaters ein. Nach den inzwischen gesammelten Erfahrungen schien er jetzt für seinen Beruf besser geeignet.

Der alte Merzbach starb, als die unaufhaltsame Markentwertung begann. Und nun kam Bernhards rascher Aufstieg.

Er war einer der wenigen, die begriffen hatten, daß nicht der Dollar stieg, sondern daß die Mark fiel. Damals schloß er Freundschaft mit einem Großindustriellen, der den Kopf völlig verloren hatte, dem aber doch noch soviel Verstand blieb, um auf Bernhard zu hören und ihm zu vertrauen. Obwohl man ihn für irrsinnig erklärte, hielt er sich stets an Bernhards Satz: Gewinn aus Verkauf ist Verlust, und kaufte zusammen, was immer er erreichen konnte.

Bernhards Voraussicht erwies sich dann auch während der Markstabilisierung als richtig. Er stand so vereinzelt, daß er im Nu in aller Munde war, als seine Voraussagen sich erfüllt hatten. Der ruhige und überlegene Mann, der seine Kunden immer gut beraten und das kleine Bankhaus über Nacht zu ungeahnter Bedeutung erhoben hatte, rückte plötzlich in die vorderste Reihe der deutschen Finanzkapitäne. Da er nicht nur Glück gehabt, sondern auch Verstand bewiesen hatte, berief ihn eine Großbank auf den Posten des leitenden Direktors.

Sein schneller Aufstieg hatte ihm keine großen Reichtümer eingetragen, doch spielte Geld keine besondere Rolle in seinem Leben. Nur die Macht war es, die ihn reizte, vielleicht auch das Glücksspiel auf der Börse. Sibylle, die den verschwenderischen Aufwand ihrer Freundinnen sah, deren Väter ihren Reichtum Merzbach verdankten, konnte seine Anspruchslosigkeit und Genügsamkeit nicht begreifen.

Im Äußeren war sie ihm ähnlich: die gleichen breiten Hände, breite Schultern, die gleiche Farbe der Augen; im Wesen aber glich sie ihrer Mutter, der geborenen Immergrün, Felle en gros. Eine leichte Veranlagung zum Basedow ließ die Augen übermäßig stark hervortreten und den Hals leicht gebläht erscheinen, während das Kinn davor zu fliehen schien und stark zurücktrat. Ihre Erscheinung war keineswegs reizvoll, doch Bernhard, in diesem Falle mit Blindheit geschlagen, fand sie gut aussehend.

Sibylle verstand es, seine Schwäche ihr gegenüber weidlich auszunützen. Wenn sie nicht gleich ihr Ziel erreichte, so verfiel sie in Krämpfe und steigerte sich so lange in ihre Erregung, bis ihr der Schaum auf die Lippen trat, dann warf sie sich auf den Boden und wand sich schreiend stundenlang. Dieses in verzweifelten Fällen angewandte Mittel versagte niemals, denn Bernhard zitterte angesichts ihrer Neigung zum Basedow für ihr Leben und gab stets nach.

Im Tennisklub hatte Sibylle die Bekanntschaft eines Grafen gemacht, der in der Inflation sein letztes Geld verloren hatte und nur noch irgendwo ein verfallenes Gebäude besaß, das er stolz Schloß nannte und das er noch nicht hatte losschlagen können, weil sich kein Käufer dafür finden wollte. Da sie den Sport haßte und nur mitmachte, weil es für schick galt, er aber mit dem Geld für die Balljungen sparen mußte, gesellten sie sich häufig als Zuschauer zueinander. Eines Tages verlobte sie sich mit dem überraschten Manne, der sein Glück kaum fassen konnte.

Er war ein einfacher, bescheidener Mann, im Grunde liebenswert, trotz seiner Dummheit. Bald ahnte er, daß sein Glück teuer erkauft sein würde. Sibylle hatte zwar einen Grafen erjagt, konnte sich aber nicht so ohne weiteres dazu entschließen, ihre Freiheit aufzugeben, besonders als die Peters auftauchte.

Das Geld des Vaters schien für sie gerade noch zu reichen, eine zweite Nutznießerin wollte sie nicht neben sich dulden; überdies sah sie in den klaren, ernsten Augen der Schauspielerin eine Gefahr, der sie entgehen wollte. Vom ersten Augenblick an, in dem sie die Neigung ihres Vaters gemerkt hatte, war sie entschlossen, eine neue Ehe zu verhindern. Die Reise nach Paris war ihr sehr willkommen, vorher wurde rasch noch die Familie bearbeitet, wobei sie ihren Verlobten, der ihr nicht schlau genug schien, aus dem Spiele ließ.

So lagen die Dinge, als Bernhard Merzbach den Brief Tante Marthas erhielt. Unschlüssig begann er im Zimmer auf und ab zu laufen. Carolas Kopf tauchte auf vor ihm, ernst, streng, unerbittlich. Er liebte sie wie die Verkörperung eines langersehnten Traumes, die man nie zu finden hoffte und plötzlich mit Händen greifen kann. Ihr Verlust konnte ihn zum alten, hoffnungslosen Manne machen. Schließlich würde Sibylle doch einsehen müssen, daß auch Väter Menschen sind und ein Anrecht auf persönliches Glück haben. Nun sie erwachsen war, würde sie verstehen, daß ein Mann von fünfzig Jahren auf Liebe noch nicht verzichten kann. Und war es denn besser, eine Geliebte zu haben oder auch mehrere, als an einer Frau festhalten, die hoch über dem Alltag stand und der man treu bleiben durfte?!

Er sehnte sich nach Carolas Umarmungen, die ihn jung machten, und da er immer schon, selbst bei flüchtigen Verhältnissen, zu einer monogamen Veranlagung geneigt hatte, fühlte er, daß er Carola bis an sein Ende ergeben sein würde. Nie mehr wollte er eine andere Frau in den Armen halten, nachdem er bei Carola gefunden, was er bei allen anderen vermißt hatte. Was es eigentlich war, hätte er nicht sagen können. Vielleicht ihre restlose Hingabe, das bedingungslose Sichüberlassen und Hineinstürzen in seine Arme, in seinen Willen, und dann das beinahe verzweifelte Einswerden, damals als sie zum ersten Male zueinander fanden. Nie in seinem Leben hatte er ähnliche Glut und Verzückung empfunden, und die Erinnerung daran durchrieselte seinen Körper wie ein süßer Schmerz.

Die Tür öffnete sich und Sibylle erschien in einem koketten Pyjama, der die Mängel ihres Wuchses noch deutlicher hervorhob. Zwar liebte sie es nicht, früh aufzustehen, doch sie wußte, daß sie sich auf Reisen den Gewohnheiten ihres vielbeschäftigten

Vaters zu fügen hatte; überdies lauerte sie just in diesen Tagen stündlich auf das Aufgehen der in Berlin gestreuten Saat.

Der Brief in der Hand des Vaters war ein Wegweiser und so überlegte sie rasch, welchen Ausdruck sie ihrem Gesicht am besten geben sollte: war es günstiger, eine betrübte oder eine heitere Miene aufzusetzen?

»Warum bist du nicht zu mir gekommen mit deinen Sorgen, sondern zu Tante Martha gelaufen?«

Die Frage des Vaters war ihr unangenehm und, um Zeit zu gewinnen, rettete sie sich in den Ausruf »O Väterchen!« Aber Merzbach blieb stumm und fuhr in seinem nervösen Dauerlauf fort. Nun, da seine Schweigsamkeit ihr die vorteilhaftere Verteidigungsstellung unmöglich machte, mußte sie zum Angriff übergehen. Sie begann zu jammern, sie könne im Hause niemand neben sich sehen und wolle »Vaters Einzige« bleiben. Ihre vorquellenden Augen liefen hurtig Merzbachs Gesicht ab und sie überlegte, wie weit sie sich mit kleinen Angriffen gegen die Peters vorwagen könnte. Als sie dann allmählich boshaft wurde, kam ein harter, schwarzer Glanz in die braunen, sanften Augen des Vaters, die jetzt hart und klein wurden wie böse Vogelaugen. Sie wußte, was das zu bedeuten hatte, und nahm sogleich zu Herzenstönen ihre Zuflucht.

Aber sein Gesicht blieb unverändert. Im Laufe der Jahre und der Kämpfe auf der Börse war ihm die Selbstbeherrschung so sehr zur Gewohnheit geworden, daß er sie auch jetzt unbewußt übte. Sobald eine Lage schwierig wurde, verlor sein Gesicht allen persönlichen Ausdruck; der Gegner mochte Lust empfinden, diesem Gesicht die unheimliche Maske abzureißen, um zu sehen, ob dahinter wirklich ein Mensch lebte.

Noch sah Sibylle keinen Erfolg und mußte daher zu stärkeren Mitteln greifen. Als sie zu weinen begann und schließlich in ihre erprobten Krämpfe verfiel, rief der erschrockene Vater einen Arzt herbei. Der Arzt kam und sah sogleich, daß er hier überflüssig war, hatte weder Zeit noch Lust, dem Geheimnis der beiden nachzuspüren, und empfahl für alle Fälle Schonung.

Bis Mittag hatte Sibylle bereits das Versprechen abgepreßt, daß nichts, aber auch gar nichts, sich in Väterchens Leben ändern würde, solange noch sein geliebtes Kind im Hause war. Ach, sie würde ihn ja bald genug verlassen müssen.

Und der Mann, der mit scharfem Blick die Inflation durchschaut und den Satz geprägt hatte, daß bei den meisten Gesellschaften die Realwerte dem Börsenkurs entsprächen, dies zu einer Zeit, wo man seine Meinung für irrsinnig erklärte – dieser Mann durchschaute nicht die lächerlichen Manöver seiner Tochter, die nur darauf bedacht war, Vaters Einkünfte mit keinem zweiten zu teilen und ihre Diktatur in seinem Haus mit Zähnen und Krallen verteidigte.

In den folgenden zwei Wochen zermürbte sie ihn vollends durch ihre Leidensmiene, wirkte fortdauernd auf sein empfängliches Herz ein, das mit unbewußter alttestamentarischer Treue am einzigen Kind hing, überhäufte ihn während schwieriger geschäftlicher Verhandlungen, die er in diesen Tagen zu führen hatte, derart mit Klagen, daß sein Kopf ganz wirr wurde und er endlich wieder einmal nachgab.

Als sie den Zug nach Berlin bestiegen, hatte sie sein Versprechen, daß er ihre Verheiratung abwarten würde. »Wie traurig, Väterchen, daß du nun darauf warten wirst, mich loszuwerden!« Auch versprach er ihr, daß er sich mit der Peters nicht öffentlich zeigen würde. »Weißt du, Väterchen, sonst nimmt der Klatsch kein Ende, und ich werde noch ernstlich krank vor Aufregung. Wo ich doch so leidend bin!«

Er war über seine Nachgiebigkeit entsetzt und hoffte nur, er würde Carola begreiflich machen können, daß die kurze Spanne Zeit bis zur Verheiratung des Kindes eben abgewartet werden müsse, um dann ihr Leben in Ruhe neu zu ordnen.

# 8

Carola war inzwischen in ein stilles Hotel gezogen, wo sie bald mit dem ihr eigenen Talent den beiden von ihr bewohnten Zimmern ein wohnliches Gepräge zu geben verstanden hatte. Selbst das Badezimmer wurde mit Hilfe bunter Fläschchen und hübscher Seidendecken zu einem anheimelnden Raum und verlor seine internationale Ausdruckslosigkeit.

Sie litt unter Bernhards Abwesenheit, zu lange schon währte ihre Einsamkeit. Die wortarmen Briefe konnten auf die Dauer keinen Ersatz bieten, sie bedurfte seiner körperlichen Nähe. Jahre hindurch gezwungen, alle persönlichen Regungen zugunsten von Friedrich Karls Wünschen zu unterdrücken, erschien ihr nun ihre Freiheit unerträglich. Der auf ihr lastende Zwang war allerdings von ihr gewichen, aber die zum Reißen gespannten Nerven waren erschlafft und hinterließen ein Gefühl, als würden alle Gelenke an ihr schlottern. Ihr Gang wurde unsicher, wollte sie etwas anfassen, griff sie häufig daneben, konnte nichts festhalten.

Immer mehr sehnte sie sich nach Bernhard, stellte sich vor, wie er sie liebkosen und mit Zärtlichkeiten überschütten würde, wie sie dann gemeinsam eine Reise unternehmen und Herrliches sehen und erleben wollten. Und es würde keine immerwährenden Szenen geben, etwa weil die Zimmer nach Westen statt nach Osten lagen oder umgekehrt, keine Zornausbrüche in Speisesälen vor aller Augen, weil die Suppe zu heiß war. Jetzt würde es immer Frieden geben, und wenn sie die Museen durchwanderten, würde Bernhard sie vielleicht fragen: »Bist du müde?«

An dieser Stelle ihrer Träume schossen ihr die Tränen in die Augen. Das ganze Maß ihrer Leiden lag für sie in der kleinen Frage eingeschlossen: »Bist du müde?« Hatte sie sie denn jemals gehört? Das Wörtchen »müde« schwemmte alle ihre gegen sich selbst bewiesene Härte, alle erzwungene Nüchternheit mit einem Mal hinweg. Jahre der Arbeit gehen eben nicht spurlos vorüber. »Bist du müde?« Friedrich Karls nervöse Launen und Stimmungen, die ertragen werden mußten… »Bist du müde?«

Ja, müde war sie. Wenn sie ihr Gesicht im Spiegel besah, zeigten sich Fältchen und Falten, und die Haare begannen plötzlich an den Schläfen grau zu werden.

Die Sehnsucht überfiel sie. Still im Lehnstuhl zu sitzen und nichts zu tun, zu träumen, daß Bernhard kommen und fragen würde: »Bist du müde?« Unter leisem Lachen erinnerte sie sich, daß ihr als Kind ein Badezimmer mit Kachelwänden als Gipfel aller Wünsche vorgeschwebt hatte. Jetzt war es ihr sehnlichster Wunsch, die Frage zu hören: »Bist du müde?«

Inzwischen zog der Skandal um Carola immer weitere Kreise. Ein Männchen war frei geworden – ein Männchen von Rang, Ansehen und Einkommen – die Weibchen witterten Möglichkeiten, die Frauen der Verwandtschaft hielten zusammen und kramten ihre Nachrichten aus, die eifrig verbreitet wurden. Der Professor wurde zum Helden. Seine Anhänglichkeit an Wolgers – »Sie wissen doch, mit dem die Peters...« – wurde ihm hoch angerechnet, und je mehr man ihn rühmte, um so abschreckender wurde Carola dargestellt. Genaue Tatsachen wußte man nicht anzuführen, also waren die Giftmischer fleißig an der Arbeit. Carola erschien als wahres Ungeheuer, angebliche Äußerungen und aufgefangene Bemerkungen des Professors wurden so lange hin und her gewendet, bis sie den gewünschten Sinn bekamen. Die wenigen Stimmen, die für Carola sprachen, verhallten in diesem Lärm.

Die Blinddarmoperationen nahmen erstaunlich zu, denn sie boten einen bequemen Vorwand, mit der interessanten Berühmtheit in nähere Beziehung zu kommen. Die Verruchtheit der für besonders unmoralisch verschrienen Frau verlieh dem Manne, der fünfzehn Jahre mit ihr gelebt hatte, eine romantische Gloriole. Der Professor stand diesen Treibereien vollkommen fern. Anfangs weigerte er sich sogar, Blinddärme zu operieren, die ihm durchaus gesund erschienen. Aber auf die Dauer konnte er den Ansturm der Gatten und Familien seiner Patientinnen, die ihr Ziel unter allen Umständen erreichen wollten, doch nicht standhalten. Außerdem brauchte er Geld: wenn man denn durchaus krank sein wollte, bitte! In seiner Klinik spielten sich die tollsten Szenen ab. Die Eifersucht der dem Professor nachstellenden Frauen nahm groteske Formen an, aber sobald nur der Name Peters fiel, war die Einigkeit unter den Rivalinnen wieder hergestellt.

Noch nie hatten Marie Luise und Adele soviel intime Freundinnen besessen; Bertchen wurde von der allgemeinen Teilnahme fast erdrückt. Einer geeinten und unerschütterlichen Front stand Carola gegenüber, jedes Gefühl von Sympathie für sie wurde niedergestampft, sobald es sich nur hervorwagte; die Gutgesinnten zogen sich verschüchtert zurück, auch die Bühnenleiter waren scheu geworden. Kein Theater mochte dem Sturm der Entrüstung trotzen, und wenn man auch wußte, daß der Skandal sich bald totlaufen würde und das große Talent der Peters außer Frage stand, so wollte man doch vorerst lieber abwarten.

Kurz bevor Carola den Brief Merzbachs mit der Ankündigung seiner Ankunft und der Bitte, ihn nicht vom Bahnhof abzuholen, erhielt, hatte sie einen Traum: sie kam nach Hause, betrat ihr Wohnzimmer, doch siehe, das Zimmer hatte nur drei Wände und gab gleich einer Bühne den Ausblick nach vorne frei, wo jetzt das Publikum im Zuschauerraum saß. Knapp vorher war etwas Fürchterliches und Entscheidendes geschehen und Carola kam ins Zimmer mit der Absicht, sich zu erschießen. Da hielt sie auch schon den Revolver in der Hand – sie schoß, stürzte zu Boden und – erwachte mit dem Gefühl, in einem Bette zu liegen, dessen Fußende dem Zuschauer zugewendet war. Sie konnte nichts sagen, doch wußte sie, daß rechts Friedrich Karl, links ein Arzt an ihrem Bette standen; schwarze Kreise tanzten vor ihren Augen und die Stimme des Arztes drang aus weiter Ferne wie durch Watte an ihre Ohren: »Es gibt keine Rettung!« Rascher wirbelten die Kreise, ein hoher Ton schwoll an, ein Paukenschlag erdröhnte, dann vollkommene Stille. Der Arzt sprach: »Sie ist tot.«

Da hob sich aus ihrer linken Seite in hockender Stellung, den Kopf zu den Knien gekrümmt, eine zweite Carola Peters, richtete sich auf, stand schlank und groß neben dem Bette und sah auf die Tote herab.

Der Vorhang fiel, der Akt war aus.

Doch gleich hob er sich und man sah wieder das Wohnzimmer von vorhin und darin eine Menge eilig sich drängender Menschen. Sie erkannte die Wolfsbergs, die in ihren Büchern stöberten, alle Laden öffneten, in ihren Schriften lasen und sie zerrissen. Es war ein gründliches Aufräumen nach der Toten. Carola trat auf sie zu, aber niemand bemerkte sie. Sie bat und flehte, ihr Eigentum zu schonen und ihre Geheimnisse ruhen zu lassen, doch ihre Stimme blieb ungehört. Und mitten im Zimmer stand Friedrich Karl, einen Brief in der Hand mit der Aufschrift: »Nach meinem Tode ungelesen zu verbrennen!«

Sie erinnerte sich des Inhalts dieses Briefes, den sie vor vielen Jahren in einer Stunde der Verzweiflung geschrieben hatte, als ihr zum ersten Male klar geworden war, daß sie alle körperliche Liebe für Friedrich Karl verloren hatte. Damals wollte sie sich das Leben nehmen, aber schließlich hatte ihr gesunder Körper die Krise besiegt und sie bewahrte den Brief zum Gedenken jenes Kampfes. Sein Inhalt mußte Friedrich Karl aufklären, daß sie jahrelang ihre Gefühle nur geheuchelt hatte, und schon schickte er sich an, den Brief zu lesen. Verstört wollte sie ihm wehren, legte die Hand auf seinen Arm und flehte: »Gilt dir der Wunsch einer Toten nichts?«

Friedrich Karl jedoch streifte ihre Hand ab und sagte: »Die Fliegen sind in diesem Jahr wieder lästig.«

Ein klägliches Schreien lenkte Carola jetzt ab, die Erscheinung Friedrich Karls war plötzlich verschwunden. Ihre Katze jammerte erbärmlich hinter versperrten Türen, und es fiel Carola ein: Seit Tagen hat man ihr nichts zu fressen gegeben! Verzweifelt lief sie umher und beschwor die Leute, die alle plötzlich fremde Gesichter hatten, doch die Katze nicht ganz zu vergessen. »Was ich auch getan habe, lasset es doch nicht das arme Tier entgelten, habt Mitleid mit ihm!« Aber mitten in ihre Verzweiflung fiel der Vorhang zum zweiten Male.

Und wieder hob er sich und sie stand auf einer weiten, kahlen Fläche, Wolken zogen an ihr vorüber und plötzlich las sie in großen Lettern: »Willst du wieder zurück ins Leben?« – »Nein, nein«, rief sie aus. Und wieder die Schrift: »Du mußt es noch einmal versuchen, denn du bist zu früh gegangen, wähle ein Bruchstück deines Lebens, du sollst es noch einmal leben!«

Ein Würfel sprang aus der Wand, drehte sich, und jede seiner Flächen schien ihr bekannt; sie deutete auf eine Fläche, der Würfel stand still, die Fläche erweiterte sich blitzschnell zur Bühne, und da war sie wieder in ihrem Schlafzimmer. Ihr Gatte stand vor ihr, hielt eine Schachtel Streichhölzer in der Hand, sein Gesicht war rot vor Zorn, seine Stimme krähte wie immer, wenn er einen seiner nervösen Anfälle bekam. Hemmungslos beschimpfte er sie – weil er diese Sorte Streichhölzer nicht leiden konnte! –, und obwohl sie die Lächerlichkeit dieser Szene erkannte, zitterte sie am ganzen Körper. Sie beschwor ihn, sich zu beruhigen, nahm alle Schuld, die sie gar nicht kannte, auf sich, wäre bereit gewesen, jede Buße zu tun, nur um ein Ende zu machen und sein Krähen nicht mehr hören zu müssen, das ihre Nerven peinigte. Da verschwand das Bild und wieder stand sie auf der kahlen Fläche und schrie: »Nein, nein, nie mehr ins Leben zurück!«

»So gehe ein in die große Stille!« befahlen die Lettern, und Carola erwachte.

Wie vernichtet fühlte sie sich von diesem Traum, so daß sie noch eine Stunde lang regungslos im Bette liegen blieb: die Katze, ihr Liebling, war bei Friedrich Karl zurückgeblieben, denn er hatte sie gern und sie hätte das Tier im Hotel doch nicht recht pflegen können. Es war kaum zu glauben, daß er, der Tierfreund, das sanfte, hübsche Tier, das sich überall Freunde schaffte, hungern lassen konnte.

Aber der Brief! Er war wirklich vorhanden und lag unter ihren Schriften. Damals, bei ihrer Flucht, hatte sie alles im Stiche gelassen. Nie wäre ihr der Gedanke gekommen, daß man ihre Sachen durchwühlen könnte. Jetzt aber fiel ihr die Neugier der Schwägerinnen ein und Friedrich Karls gekränkter Stolz, es schien gar nicht unmöglich, daß man beim Einpacken ihres Eigentums ihre Sachen untersuchte.

Da klopfte es, und der Boy brachte ihr Merzbachs Brief. Sofort fand sie in die Wirklichkeit zurück, sie sprang aus dem Bett, schüttelte alle traurigen Gedanken und Sorgen ab, kleidete sich an und lief auf die Straße. Die Erwartung, Bernhard morgen zu sehen, und der seltsame Traum ließen ihr keine Ruhe.

Zu Hause angekommen, saß sie wieder stundenlang regungslos, bis der Abend kam und mit ihm eine dumpfe Trauer. Sie nahm einen Wagen und fuhr in eines der großen Lichtspielhäuser. Den Hut hatte sie tief ins Gesicht gedrückt, um nicht erkannt zu werden, und erst als es dunkel wurde, nahm sie ihn ab. Der Film handelte von einer süßlichen Liebesgeschichte, aber auf Carola wirkten die Umarmungen und Küsse der Hauptdarsteller heute anders als sonst, da sie dieses alberne Zuckerwerk verabscheute. Sie war derart erfüllt von ihrer Sehnsucht nach Bernhard, daß selbst diese Plattheiten ihr Herz entzückten.

Als es Licht wurde, erkannte sie dicht neben sich Arno, und ehe sie noch ihren Hut hätte aufsetzen können, hatte er sie schon bemerkt und begrüßt. Schnell wollte sie an ihm vorbei, aber er hielt sie auf mit der Frage, wo sie wohne, und als er ihre Antwort hörte, lächelte er ganz sonderbar.

In dieser Nacht konnte sie stundenlang keinen Schlaf finden, bis die Versuchung nach einem Schlafmittel übermächtig wurde. Eine große Dosis schenkte ihr endlich traumloses Versinken.

Der Morgen war ausgefüllt mit Vorbereitungen für Bernhards Empfang. Die Blumen wurden erneuert, Kissen und Deckchen immer wieder anders geordnet. Sie wählte die zarteste Wäsche und das schönste Kleid, obwohl sie wußte, daß dies alles ohne Belang sein würde. Dann setzte sie sich vor die Uhr, nahm ein Buch, blätterte gedankenlos die Seiten um, immer mit dem Blick auf das Zifferblatt, und als die Stunde von Bernhards Besuch näherrückte, stellte sie den Stuhl hart an die Türe. Hier blieb sie eine Weile sitzen, dann stellte sie den Stuhl wieder an seinen Platz zurück, hockte sich auf den Boden, lehnte den Kopf an die Türe, um das Geräusch seiner nahenden Schritte zu hören und verharrte so lange regungslos.

Das Zimmer lag abseits, doch drangen die Geräusche des Hotels deutlich zu ihr. Da – hastig näherkommende Schritte – das war er! Ein Taumel erfaßte sie, zitternd stand sie auf, zitternd öffnete sie die Türe, noch in der offenen Türe stürzte sie an Bernhards Brust. Hut und Stock fielen ins Zimmer, Mund an Mund taumelten beide durch die Türe, die krachend zuschlug. Ohne voneinander zu lassen, schoben sie sich ins Schlafzimmer, rissen sich die Kleider vom Leib, stürzten in wortlosem Glück ins Bett, stürzten in unsagbare Wonnen, schwangen sich gleichzeitig in den süßen Schmerz des Vergessens empor und sanken gleichzeitig zurück auf die Erde. Unter erleichtertem Aufatmen, als könnten sie jetzt erst sich aneinander freuen, hielten sie sich bei den Händen, sahen sich in die Augen, konnten nicht voneinander lassen. Es dauerte lange, bis sie fähig war, die ersten Worte zu sprechen, und die waren kindisch und ohne Sinn.

Es wurde später Nachmittag und Abend, aber immer noch lagen die beiden Liebenden in wortloser Umklammerung, denn die Erfüllung ihrer Wünsche und Sehnsüchte war so vollkommen, daß ihr Zusammensein eine zeitlose Leere um sie schuf. Endlich erhoben sie sich und betrachteten voll Zärtlichkeit einer den andern. Da beide im Grunde ihres Wesens natürliche Menschen waren, wurde ihre Harmonie auch während der peinlichen Minuten des Ankleidens nicht gestört, das so leicht lächerlich wirken kann.

Um zehn Uhr ging Bernhard und ließ Carola in einem Glück zurück, das sie sofort traumlos einschlafen ließ.

In den folgenden Tagen kam er regelmäßig gegen Mittag und blieb bis zum Abend. Sie hatten sich so viel zu erzählen, die Stunden verflogen so schnell, daß es Carola gar nicht auffiel, wie er es vermied, sie nach ihren weiteren Plänen zu fragen. Sie dachte auch keinen Augenblick an die Zukunft, denn die Gegenwart füllte sie zu sehr aus.

Eines Tages schlug ihm Carola den Besuch eines Konzertes vor, dessen Mitwirkende sie lockten; Bernhard machte Ausflüchte.

Seit Tagen war sie nicht auf der Straße gewesen, denn ging Bernhard, so blieb sie still in ihrem Zimmer und überdachte die vergangenen und kommenden Stunden. So lange um das Glück der Liebe betrogen, fühlte sie sich jetzt müde in ihrer vollkommenen Wunschlosigkeit. Daß er ihren ersten Wunsch, sie ins Konzert zu begleiten, abschlug, überraschte sie, und jetzt erst fiel ihr auch auf, daß er nie den ganzen Abend mit ihr verbrachte.

Plötzlich wurde ihr bewußt, wie wenig sie doch von dem Manne wußte, dem sie sich vertrauter fühlte, als irgendeinem andern Menschen seit ihrer Kindheit. Prüfend sah sie in dieses Gesicht, das unter dem forschenden Blick sogleich die gewohnte Maske aufsetzte. Carola verstummte, drang nicht weiter in ihn, aber es war das erste Mal, daß sie sich mit einer kleinen Verstimmung trennten.

Bernhard war verzweifelt. Immer wieder hatte er die Unterredung, in der er der geliebten Frau die Gründe für sein Verhalten erklären wollte, hinausgeschoben. Als er jetzt reden sollte, kamen ihm alle Gründe nichtig vor, er ahnte, Carola würde für die Forderungen seiner Tochter und für seine Schwäche kein Verständnis haben, und so stand er ratlos vor dem Sibylle gegebenen Versprechen.

Am nächsten Tag fing er an, von seiner Tochter zu erzählen, doch merkte er in Carolas Augen einen leichten Widerstand und er verstummte. Später begab es sich von selbst, daß er die Unterredung mit Sibylle teilweise eingestehen mußte und ihr die Gründe anführte, warum er nicht heiraten könnte, bevor die Tochter nicht aus dem Hause wäre. Dieses Geständnis machte keinen großen Eindruck auf Carola. Es trieb sie nicht so rasch in eine neue Ehe. Die Verbindung mit Friedrich Karl war so reich an Pflichten und Lasten gewesen, daß sie jetzt erst ihre wiedererlangte Freiheit richtig schätzen lernte.

Die Aussprache mit Bernhard durchbrach ihre Abgeschiedenheit. Eine Woche lang hatte sie gelebt nach Judiths Worten: »Außer der Welt und außer der Zeit«, nun brach Welt und Zeit wieder über sie herein und bedrängte sie. Der sonderbare Traum, die Erinnerung an den Brief, den sie nirgends finden konnte, das hartnäckige Stillschweigen der Bühnenleiter, und vor allem Sibylle, von der sie nicht wußte, wie sie zu ihr stand: das alles beschäftigte sie jetzt, wenn Merzbach nicht bei ihr war. Saß er neben ihr und strich mit seiner Hand über ihr Haar, dann war jedes Denken ausgelöscht, ihr Körper genoß seine Nähe, und ihr Hirn hatte Mühe, seinen Worten zu folgen.

Schon früher hatte sie sich Friedrich Karl zuliebe mit Finanzfragen beschäftigt und sich von Bernhard darüber belehren lassen. Nun bemühte sie sich erst recht, die Tätigkeit des Bankmannes zu erfassen. Und wie einst Friedrich Karl sie über alle Schwierigkeiten seines Berufes unterrichtet hatte, um sich später in knappen Worten mit ihr aussprechen zu können, so folgte sie jetzt Merzbachs Plänen, die nur dem Außenstehenden trocken erschienen, dem Eingeweihten jedoch die ganze Romantik des modernen Geldgeschäftes offenbarten.

Sie mußte lächeln, wenn sie daran dachte, wie ehedem die Liebe zu ihrem früheren Manne die Schauspielerin in ihr zum Arzt gewandelt hatte, wie jetzt die Liebe zu Merzbach die Freundin guter Bücher zur Geschäftsfrau wandelte. Geist und Körper waren bei ihr so sehr eins, daß der Rausch der Sinne vom geistigen Sichverstehen abhängig war. Und so halfen ihr die geweckten Sinne, auch den Kurszettel zu begreifen.

Das aufregende Börsenspiel, bei dem Erfolg oder Nichterfolg von einem Wort, einer Geste abhängig ist, fesselte sie bald, und ihre Bewunderung für den Mann, der mit kühlem Kopf hinter seiner undurchdringlichen Maske so viele Fäden in der Hand hielt, wuchs von Tag zu Tag. Die Bewunderung nährte ihre Liebe – die Liebe nährte die Bewunderung. Rettungslos war Carola einer nie geahnten Leidenschaft verfallen. Sie vergaß die sonderbare Verlegenheit Bernhards gegenüber ihrer Bitte, sie ins Konzert zu begleiten, vergaß seine Ablehnung und dachte, er wolle nur die erste Zeit verstreichen lassen, der öffentlichen Meinung Gelegenheit geben, ein anderes Opfer zu suchen. Auch Sibylle mußte wohl erst langsam gewonnen werden. Eine Stiefmutter, du mein Gott, das Wort hatte von jeher einen bitteren Klang. Sie nahm sich vor, alle Abneigungen gegen das Mädchen zu unterdrücken und nur das Gute zu sehen, das doch auch in Sibylle stecken mußte. Heimlich sehnte sie sich, von Sibylle geliebt zu werden, die ihr als Bernhards Kind gewiß vertraut werden würde. Das Muttergefühl, das in ihr von jeher stark ausgeprägt war, hoffte auf Erfüllung. Insgeheim freute sie sich an dem Gedanken an ein Stiefenkelchen, dessen winzige Händchen und Füßchen sie liebkosen durfte.

Wie sonderbar, daß sie weder Geschwister noch Freunde mit Kindern hatte und deshalb bei der Begegnung mit solch kleinen Wesen scheu und still wurde vor Liebe und Bewunderung. Die Kinder der Familie Wolfsberg konnte sie nicht lieben; sie waren ihr zu altklug, auch konnten Tanten und Freunde sich nie genugtun in Bewunderung: »Ist er nicht goldig? Ist sie nicht bildschön! Das sind die klügsten Kinder, die es jemals gab!« Das stieß sie ab.

Inmitten ihrer Träumereien tauchte eines Tages der Abgesandte eines Theaters auf. Er brachte ein Stück, mit der Bitte, es bald zu lesen und ihre Entscheidung zu treffen. Er nannte ihr berühmte Partner, bot eine ansehnliche Gage und ging mit dem Gefühl, dieser augenblicklich im Kurs stark gefallenen Frau ein königliches Geschenk gemacht zu haben.

Carola legte das Buch beiseite, ohne einen Blick hinein zu werfen. Sie erwartete Merzbach, und erst als er gegangen war, schlug sie es auf. Die Rolle war groß und auch dankbar, der Wert des Stückes, vom literarischen Standpunkt aus gesehen, zweifelhaft, aber man war ja in den letzten Jahren in dieser Beziehung nicht verwöhnt. Sie fand es immerhin nicht schlecht, doch da war etwas, das sie störte. Der Grund für ihre Abneigung wurde ihr nicht klar, und sie beschloß, das Stück am nächsten Tag Merzbach vorzulesen, um vorerst die Wirkung des gesprochenen Wortes zu erproben.

Dann wollte sie ihn bitten, mit ihr ein Theater zu besuchen, in dem gerade einer der für dieses Stück vorgesehenen Schauspieler auftrat, den sie nicht näher kannte. Als sie Bernhard ihre Bitte vortrug, wurde er wieder verlegen. Doch da der Besuch des Theaters diesmal für sie nicht nur Vergnügen, sondern auch Berufspflicht bedeutete, und sie seiner Arbeit stets Interesse und Aufmerksamkeit entgegenbrachte, erwartete sie gleiches von ihm und drang auf die Erfüllung ihres Wunsches. Schließlich mußte ihr Bernhard alles eingestehen, was sich in Paris abgespielt hatte. Carola war von seiner Eröffnung so überrascht, daß sie zunächst kein Wort der Erwiderung fand und steif und regungslos auf dem Stuhl verharrte.

Ihre Jahre hindurch gereizten Nerven reagierten auf Härten und Verzichte jetzt stärker als früher. Sofort verschanzte sie sich hinter ihrer altgewohnten Kampf- und Abwehrstellung, aber der Schlag war zu plötzlich gekommen: ihre Abwehr wirkte zu schroff und übertrieben.

»Du sollst dich nicht mit mir zeigen?« fragte sie endlich, und ihre Stimme klang hart wie Glas. »Und wann wird Sibylle eigentlich heiraten?«

Bernhard erwiderte kummervoll, daß er es nicht genau wisse.

»Aber ungefähr wirst du es doch wissen«, beharrte sie, »irgendein Zeitpunkt wird doch in Aussicht genommen sein!«

Bernhards Verzweiflung wurde so groß, daß er schließlich zu seiner Maske Zuflucht nahm. Er wußte wirklich nichts Genaueres, denn so oft er die Frage Sibylle gegenüber anschnitt, kam das schützende Leiden ihr zu Hilfe und sie klagte unter Krämpfen über Väterchens Lieblosigkeit, die sie aus dem Hause treibe.

Sibylle gedachte, ihre Hochzeit so lange hinauszuschieben, bis Carola sich einem anderen Manne zugewendet haben würde, der nicht zögerte, sich mit ihr zu zeigen. Ihre Vermögenslage würde dann gesichert sein, und das Grafenkrönchen, das auch in der Republik noch etwas galt, auf der richtigen

Unterlage ruhen. Da die meisten Menschen den Fehler begehen, andere nach sich selbst zu beurteilen, so ging dieses Rechenexempel für die kleine Merzbach glatt auf.

Carola wurde durch Bernhards Ruhe bis zum Zorn gereizt. Sie fragte ihn, ob er sich gedacht habe, einen Marlitt-Roman mit ihr erleben zu können, und es etwa so halten wolle wie ein Bankgewaltiger, der eine Geliebte vom Theater aushalte, die er verstekken müsse.

Ihrer klaren und kalten Stimme lauschte sie selber mit Aufmerksamkeit. Ausgezeichnet, wie knapp und beherrscht sie die Sätze hinwarf.

»Ich lege keinen Wert auf eine Heirat, denn ich bin ich« – falsch, dachte sie, das ist ja die Magda in Sudermanns ›Heimat‹ –, »ich wollte sagen, meinen Namen habe ich mir selbst geschaffen, und ob nun daran noch der Name Wolfsberg oder Merzbach angehängt wird, kann mir nichts bedeuten. Auch das bürgerliche Heim, das ich brauche, um dort immer wieder die Kräfte für meinen Beruf zu sammeln, läßt sich heute ohne Ehe schaffen; aber daß du dich meiner schämst, dich mit mir nicht zu zeigen wagst, will mir nicht in den Kopf. Also bedeutet auch in deinen Kreisen die Verbindung mit einer Schauspielerin etwas Anrüchiges, und die Wolfsbergs hatten nicht unrecht in ihrer Abwehr gegen mich! Könnten wir doch wie früher im grünen Wagen fahren und holten die Leute bei unserem Kommen noch rasch die Wäsche von der Leine – das wäre ehrlicher, als die Bürgerlichkeit, die man uns zugesteht und uns alle Augenblicke wieder entzieht. Weil ich in der Öffentlichkeit bekannt bin, interessiert meine Scheidung, weil meine Scheidung interessiert, wird sie maßlos aufgebauscht, werde ich verfemt, weil ich verfemt bin, darf sich der Mann, der vorgibt, mich zu lieben, nicht öffentlich mit mir zeigen, um dem Ruf seiner Tochter nicht zu schaden. Und dies alles im Jahre 1928, da man angeblich alle alten Vorurteile längst über Bord geworfen hat und allgemein ein Leben führt, wie ich es mir nie erlauben würde. Ich bitte dich, geh nach Hause, überdenke diesen ganzen Wahnsinn und komm erst wieder zu mir, wenn du zu einem vernünftigen Entschluß gekommen bist.«

Während sie sich so sprechen hörte und ihre Entrüstung auskostete, zerriß – o Zwiespältigkeit der Seele! – ein so wütender

Schmerz ihr Inneres, daß sie die Nägel in ihre Handflächen bohrte, um nicht auf ihn zugehen zu müssen und mit ganz leiser Stimme zu betteln: »Sei gut zu mir!«

Bernhard saß ihrem Ausbruch wortlos gegenüber, er empfand die Fehler seiner Handlungsweise und die berechtigte Entrüstung der Frau, verwünschte seine Nachgiebigkeit und nahm sich vor, Sibylle zur Vernunft zu bringen. Doch da er des Erfolges nicht sicher war, zog er es vor, zu schweigen. Carola aber empfand dieses Schweigen als besondere Verstocktheit, sie sah sich einer unüberwindlichen Mauer gegenüber und verlor vor Schmerz den Kopf.

Sie riß die Türe auf, zwang sich ruhig und klar zu sprechen: »Geh augenblicklich fort, verlaß mich jetzt, ich kann dich jetzt nicht sehen!« – und dabei hätte sie am liebsten bebend und heiser hinausgeschrien: »Bleib, bleib!« Bernhard machte noch einen schüchternen Versuch, sie zu umarmen, stieß aber auf ihren unbeugsamen Widerstand, und so blieb Maske gegen Maske, während dahinter zwei leidende Menschen weinten.

Er ging, und gleich hinter der Türe, noch im Gang, fiel seine Maske ab, wurde im Lift wieder aufgesetzt, hing auf dem ganzen Weg bis in seine Wohnung vor seinem Gesicht und löste sich erst von seinen erschrockenen Augen, als er allein in seinem Zimmer saß. Er durfte Carola nicht verlieren, heute noch mußte er mit Sibylle ernsthaft reden.

Die Unterredung endete wie die vorhergegangenen, und Bernhard war danach so unglücklich, daß er beinahe wieder glücklich wurde bei dem Gedanken, nun ebenso zu leiden, wie Carola litt.

Nach seinem Weggehen war Carola zu Boden gesunken, hatte sich einfach fallen lassen und lag da, ohne sich zu regen. So groß war ihr Schmerz, daß sie ihn gar nicht mehr fühlte und in vollkommene Gleichgültigkeit verfiel. Dann rief sie eine Bekannte an, verabredete sich mit ihr für den Theaterbesuch, ging hin, sah, sprach, lachte sogar, aber alles wie aus weiter Ferne. Nach dem Theater schlug sie die Aufforderung, in einem Restaurant noch zu Abend zu essen, mit einem kurzen harten Nein ab, stürzte von der erstaunten Bekannten weg in ein Auto, fuhr nach dem Hotel, raste in ihr Zimmer und weinte haltlos, endlos, bis zum Morgengrauen.

Dann begann das bittere Grübeln. Ob es Eifersucht auf Sibylle war, die ihr Bernhards Verhalten so unfaßbar erscheinen ließ? Nein, das war es nicht! Eher gekränkter Stolz. Auch hatte sie gelogen, als sie ihm ihre Sehnsucht nach voller Unabhängigkeit so begeistert geschildert hatte. Sie war viel zu fest in den Rahmen der Konvention eingespannt, als daß sie ihn so leichten Herzens durchbrechen konnte. Sie empfand ganz richtig, daß diese Schwäche tadelnswert war, aber legte nicht eine ehelose Gemeinschaft der Frau Opfer auf, für die kein Ersatz geboten wurde?! Fielen doch alle Vorteile der Freiheit nur dem Manne zu!

Dann ahnte sie auch, daß es für einen Mann wie Merzbach etwas bedeuten müßte, sich in eine neue Ehe zu begeben, und gerade dieses Opfer brauchte sie, um nach den langen Jahren mit Friedrich Karl ihre Selbstachtung wiederzufinden. Wenn sie sich auch ein Zusammenleben denken konnte, das des Sakraments der Ehe nicht bedurfte, so mußte es doch eben ein richtiges Zusammenleben sein. Sie war nicht für ein Verhältnis geschaffen, das sich nur auf einige Stunden des Tages beschränkte und geheimgehalten werden mußte.

Und wie würde es weitergehen? Sollte sie etwa im Hotel wohnen bleiben, alle ihre Interessen verleugnen, auf alle Anregungen und wertvollen Freunde verzichten, um nur zur Stelle zu sein, wenn er zu unregelmäßiger Stunde kam, peinlich darauf bedacht, eine Begegnung mit Bekannten zu vermeiden?! Sollte sie ein Leben fern von ihm führen und nur das Bett mit ihm teilen? Dazu war sie schon zu alt. Auch glaubte sie nach dieser Unterredung nicht mehr an Sibyllens Verlobung, von der sie bisher kaum etwas gehört hatte.

Es stand zu erwarten, daß die Tochter gegen den Vater siegen würde. Seine Liebe, so groß sie auch war, würde das Vatergefühl in ihm nicht überwinden können. Es blieb ihr sonach nur übrig, auf ihre Wünsche zu verzichten und Bernhard so hinzunehmen, wie er eben war.

Eine ferne Erinnerung kam ihr an die Zeit, als sie darum rang, über Friedrich Karls Untreue hinwegzukommen. Heute mußte sie sich mit der gleichen Resignation wappnen. Sie wollte sich mit der Enttäuschung abfinden und abwarten, was geschehen würde.

Sie war nicht berechnend genug, ihre Gefühle zu maskieren,

Klarheit wollte sie, und so telephonierte sie Bernhard im Bureau an. Als sie seine ruhige, gütige Stimme hörte, war alle Bitterkeit ausgelöscht, und sie flehte ihn an, ihr die Heftigkeit von gestern zu verzeihen. Bernhard, der ein schlechtes Gewissen hatte, war von ihren Selbstanklagen gerührt und versprach, so bald wie möglich zu ihr zu kommen.

Als sie sich nach der Versöhnung umarmten, war die Heftigkeit ihres Rausches noch gesteigert durch die drohende Gefahr, dieses Glück zerstört zu sehen. Sie hatten beide in die Finsternis der Einsamkeit geblickt und schwelgten nun in der Verlorenheit einer Zweisamkeit, die ihnen geschenkt war wie selten einem Paar.

# 9

Die Frage war brennend geworden, ob Carola die ihr angebotene Rolle annehmen sollte oder nicht. Sie schrieb dem Dramaturgen und bat ihn um seinen nochmaligen Besuch. Als sie ihn erwartete, kam zu ihrer großen Überraschung Arno. Etwas unsicher trat er ein, fand sich aber rasch in die Situation und begann ein oberflächliches Gespräch. Die Absicht seines Besuches blieb ihr unklar, auch wollte sie vermeiden, daß er Zeuge ihrer Unterredung mit dem Dramaturgen würde, doch bevor sie noch einen Anlaß gefunden hatte, ihn zu verabschieden, kam der andere. Arno Löwenthal und der Dramaturg waren einander bekannt und begrüßten sich herzlich. Schließlich stand ja kein Geheimnis zur Verhandlung, und es war Carola ganz angenehm, wenn die Familie Wolfsberg erfuhr, daß sie auf ihren Mann nicht angewiesen und sehr wohl in der Lage war, sich selbst zu erhalten.

Man sprach über die Mängel und Vorzüge des Stückes, das Arno zufällig kannte, bis Carola plötzlich beinahe unbewußt ausrief: »Ich bin zu alt für die Frau, die ich spielen soll!« Gleich darauf lachte sie in Erwartung des Widerspruches, der sich auch sofort erhob. Sie hatte den Satz wie zu sich selbst gesprochen, als wollte sie ihn auf seine Richtigkeit prüfen. Sie war über vierzig und sollte eine Frau spielen, der man höchstens dreißig zugestehen konnte, überdies eine Frau, deren Hauptreiz just dieses Alter ausmachte.

Arnos Stimme überschlug sich fast vor Entrüstung: »Du mit deinem jugendlichen Körper! Mit deiner Beweglichkeit, die selbst ein sechzehnjähriges Mädchen beschämen kann!«

»Ach«, sagte Carola, »mit dem Alter ist es wie mit dem schlechten Wetter: man empfindet es nur, wenn man nicht darauf vorbereitet ist.«

»Unsinn«, protestierte der Dramaturg, »denken Sie doch an die Sarah Bernhardt, die spielte mit achtzig Jahren noch L'Aiglon!«

»Die Sarah hatten offenbar ein junges Herz«, entgegnete Carola, »und daher auch das Recht, noch mit hundert Jahren junge Mädchen zu spielen. Es gibt Frauen, die sich ihre Haare bis ins hohe Alter färben, weil sie meinen, davon hänge ihr Aussehen ab. Andere wieder schämen sich keineswegs ihrer grauen Haare, weil sie sie erst dann bekommen, wenn sie sich reif dafür fühlen.«

Carolas Einwände wurden nicht anerkannt, und da schließlich auch die klügste Frau in diesem Punkt sich gerne überreden läßt, nahm sie das Angebot an; um so lieber, als sie in der Arbeit die einzige Möglichkeit erkannte, sich von trüben Gedanken zu befreien und den Zustand der Ungewißheit bis zu Bernhards Entscheidung zu überwinden.

Der Dramaturg ging, aber Arno blieb noch. Er wurde plötzlich zärtlich, klagte, wie sehr er es bedauere, daß der Familienzwist ihre Beziehungen zerrissen hätte, und ließ bald in Carola keinen Zweifel, daß er mit der Absicht gekommen war, der Verlassenen ein Tröster zu werden. Da man sie nie mit Bernhard sah, nahm man an, sie hätte ihr Verhältnis mit Merzbach gelöst, und Arno, der Kontrolle durch die Familie jetzt ledig, hoffte, bei Carola alles zu finden, was ihm Annemie nicht bieten konnte.

Carola wurde sofort zum Igel und kehrte ihre Stacheln nach allen Seiten. Ihre übertriebene Höflichkeit kühlte Arnos Hitze, brach seinen Ansturm. Er entfernte sich bald mit dem unverlangten, aber gern gegebenen Versprechen, bald wiederzukommen. Seine Liebesanträge hatten keinen Eindruck auf Carola gemacht. Sie war dergleichen gewohnt und wußte, daß eitle Männer es lieben, sich mit berühmten Frauen zu zeigen. Aber jetzt bedachte sie, daß dieser Arno trotz Annemie, trotz der Wolfsbergs, mit ihr ins Theater gehen würde, und eine Lust überkam sie, ihn Bernhard als Musterbeispiel vor Augen zu führen. Doch liebte diese Frau viel zu freigebig, zu uneigennützig, um es mit dem alten Spiel, mit der Eifersucht, versuchen zu können. Sie war ein Grandseigneur der Liebe, der mit großer Geste alles oder nichts gab. Sie hatte nur große Geldscheine zu verschenken; Wechselgeld und kleine Kupfermünzen hatte sie stets verschmäht und kaum gekannt. So konnte sie auch Bernhard gegenüber nicht zu einer List Zuflucht nehmen, die sie vielleicht in Vorteil gegen seine Tochter gesetzt hätte. Doch gerade diese Ehrlichkeit der Schauspielerin, die auf der Bühne mit ihrer Unehrlichkeit unvergeßliche Leistungen schuf, war die Macht, die Bernhard an sie fesselte und den Mann, der so viele Frauen besessen hatte, die Verbundenheit mit dieser einen Frau bewußt werden ließ.

Die Proben nahmen ihren Anfang. Carola, unvermittelt aus ihrer Einsamkeit herausgerissen, stand wie verloren auf der Bühne. Sie hätte so sehr eines herzlichen Wortes bedurft; um jedoch ihr heißes Verlangen danach zu verbergen, trug sie eine betonte Kühle zur Schau, die sogleich mit gereizter Abneigung erwidert wurde. Alle Schauspieler, vom berühmten bis zum geringsten, waren darin einig, die hochnäsige Größe fühlen zu lassen, daß ihr Kurs gefallen war, und die jüngeren Kolleginnen machten versteckte Anspielungen auf den Widerspruch zwischen dem Alter Carolas und dem der Heldin des Stückes. Carola bemerkte das allgemeine Getuschel, trat auf eine feixende Gruppe zu und sagte: »Sie halten mich wohl für diese Rolle zu alt? Ich bin ganz Ihrer Meinung!«, drehte sich um und ließ die Überraschten stehen, die alsbald ihren Ausspruch in der ganzen Stadt verbreiteten.

Das Schlimmste war, daß sie sich zu jedem Lächeln zwingen mußte und die Umarmungen des Partners wie eine unerträgliche, körperliche Beleidigung empfand. Ihre Sinne, die nur für Bernhard erwacht waren, sträubten sich gegen die Berührung anderer Männer. In diesen Augenblicken wurde sie sich bewußt, wie krank sie noch war.

Bernhard hatte sich immer noch nicht entschieden. Carola konnte in den Nächten keinen Schlaf finden, grübelte fortgesetzt über sein unverständliches Schweigen und seine Verschlossenheit; mußte er doch wissen, wie sehr sie eine Entscheidung herbeisehnte. Diese Ungewißheit war unerträglich.

Die Proben nahmen ihren Fortgang, und Carola konnte nicht einmal die Kraft und die Sammlung aufbringen, die Sätze ihrer Rolle im Gedächtnis zu behalten. Manchmal raffte sie sich auf, lärmte, lachte, übertrieb, um dann mitten in diesem Ausbruch erschreckt zusammenzufahren und verzweifelt die Partner anzustarren, aus deren Augen sie Ironie, Spott, Ablehnung zu lesen glaubte, und die Worte: Alte Ziege hüpft im Gras.

Sie tat ihnen unrecht. Die Leute dachten nicht daran, ihrem Wesen nachzuspüren, denn sie waren mit ihren eigenen Nöten und Gedanken vollauf beschäftigt, und überdies an die Hysterie der weiblichen Stars gewöhnt; so hielten sie Carolas Teilnahmslosigkeit für Indisponiertheit und erkannten gar nicht das Gezwungene und Unechte in ihren Ausbrüchen.

Überhaupt schenkte man ihr weniger Beachtung, als sie glaubte; wie denn der Mensch mit dem eigenen Ich viel zu sehr beschäftigt ist und sich für den anderen nur dann interessiert, wenn er ihn stört. Carola aber störte niemand. Sie zog sich so sehr auf sich selbst zurück, daß sie niemand im Wege stand.

Bernhard wußte nichts vom Theater und seinen skurrilen Gesetzen; er freute sich vor allem, Carola beschäftigt zu sehen. Aber auch wenn er sie bat, ihm Einblick in ihre Kunst zu gewähren, stieß er gegen eine harte Mauer, die ihre geheimsten Gefühle umschloß und verbarg. Sie selbst getraute sich kaum, sie zu durchbrechen.

Eine Scheu, die sie sich kaum eingestand, verbot ihr, an Gefühle zu rühren, die für sie etwas Unerklärliches und Mystisches hatten, und über die sie nur in dunkler Nacht und bei verhängten Spiegeln nachzudenken sich getraute. Wie man für das Tiefste nur die ärmsten und banalsten Worte findet, weil jeder große Ausdruck nur seine Unzulänglichkeit erweist, so war, was sie Bernhard über ihre Einstellung zu ihrer Kunst erzählte, geradezu kindisch. Er verstand sie nicht, hielt sich an das rein Äußerliche, tröstete an falscher Stelle, verschaffte ihr aber dadurch immerhin die Möglichkeit, im Gespräch manche Klärung herbeizuführen, während er selbst sich vollkommen hinter sein Schweigen verschanzte.

Seit Carola darauf verzichtet hatte, auf ihre Wünsche zurückzukommen, war ihr Beisammensein von größter Harmonie erfüllt. Sie vermieden alle Gespräche, die unangenehm werden konnten, schwiegen über Dinge, die sie am meisten brannten, und hatten doch beide keinen größeren Wunsch, als Rat und Zuflucht zu finden, einer beim andern.

Bernhard war von Carolas unbedingter Ehrlichkeit überzeugt und hätte ihr so gerne den Fall Sibylle in allen Einzelheiten dargestellt, aber dazu hätte er sich ihr ganz eröffnen müssen, und davor schrak er zurück.

Ebenso schwieg Carola und hätte doch so gerne den Rat des klugen Mannes gehört. War er gegangen, dann versank sie in einen Abgrund von Trauer, und er, der Ähnliches ahnte, hatte keine frohe Stunde mehr. Schließlich begann er, ihr alles zu verschweigen, von dem er dachte, daß es sie verletzen könnte. Carola kam ihm auf kleine Mogeleien. Er verschwieg Feste, die er für Sibylle geben mußte, Theaterbesuche, und seine Ausflüchte machten die Wirrnis noch ärger.

Kurz vor der Generalprobe hatte Carola sich so weit bezwungen, daß sie den Text beherrschte und auch die von der Rolle geforderte Leichtigkeit und Heiterkeit aufbrachte. Ihre Arme und Beine, mit denen sie auf den Proben nichts anzufangen gewußt hatte, genau so wie in den Anfängen ihrer Laufbahn, taten wieder gehorsam ihren Dienst, und manchmal fand sie sogar Vergnügen an der vollkommenen Sicherheit ihrer Technik. Deutlich fühlte sie die Wandlung. Schüchtern brach schon da und dort ihr wahres Wesen durch, das sie bisher so ängstlich verborgen hatte, doch zur letzten Einfachheit und Klarheit hatte sie sich noch nicht durchgerungen und so stand sie der Rolle ziemlich unsicher gegenüber. Der Regisseur wußte nicht, was mit ihr anzufangen sei. Nachdem sie durch lange Strecken ihrer Rolle vollkommen versagt hatte, schwebte auf ein Mal ein Ton in den Zuschauerraum von so köstlicher Einfachheit und Klarheit, daß man sich unwillkürlich umsah, um festzustellen, wer jetzt gesprochen hatte. Dieser eine Ton ließ die Unzulänglichkeit des folgenden nur um so bitterer empfinden. Man wurde aus dieser Leistung Carolas nicht klug; die einzige Hoffnung war die Zugkraft ihres Namens.

Die Generalprobe wurde für abends angesetzt, bei geschlossenem Theater.

Am Nachmittag traf Carola auf der Straße Annemie, die sofort auf sie losstürzte. Carola ahnte Schlimmes, denn sie kannte Annemies taktlose Art und hatte früher stets behauptet: damit man ihr alle Entgleisungen verzeihe, müßte sie zwei Gebrechen haben, nicht nur eines.

Annemie zog sie mit dem schrillen Ausruf: »Ich muß mit dir reden« in den Tiergarten – einige Passanten wendeten verwundert den Kopf – und hier teilte sie ihr weithin vernehmlich mit, man habe einen Brief gefunden, über den sich Friedrich Karl sehr aufregte.

Augenblicklich wußte Carola, von welchem Brief die Rede war. Sie wollte gerade ihrer Entrüstung darüber Ausdruck geben, daß man sich an ihre Geheimnisse gewagt habe, aber Annemie ließ sie nicht zu Worte kommen. Schreiend erzählte sie, man hätte den Brief vorgelesen und alle seien über ihre

Schamlosigkeit entsetzt. Über derlei Dinge dürfe eine anständige Frau nicht einmal denken, geschweige denn schreiben. Friedrich Karl sei außer sich, habe er doch unter Carolas Sinnlichkeit besonders gelitten; er müßte sie für geisteskrank halten. Der arme Mann hätte bitterlich geweint, als ihm bewußt geworden war, daß er jahrelang neben einer Heuchlerin gelebt hatte. Und alle hätten nun die Berechtigung ihres Mißtrauens gegen Carola bestätigt gefunden.

»Du wirst ja sehen, welches Ende du mit deinem Charakter noch nehmen wirst«, schloß sie triumphierend. »Wir jedenfalls legen keinen Wert mehr auf deinen Gruß!« Damit setzte sie den Hörkoffer außer Tätigkeit, hängte sozusagen die Außenwelt ab und schritt hochbefriedigt davon.

Carola blieb zurück inmitten kichernder Kindermädchen und mürrisch blickender Männer. Dieser ungerechte Angriff empörte sie. Man hatte den Brief geöffnet, genau wie sie es geträumt. Die Aufschrift: »Nach meinem Tode ungelesen zu verbrennen« war kein Hindernis gewesen. Aus einer schweren Stunde ihres Lebens hatte man sich ein Fest gemacht, ihre Not herumgereicht wie ein pikantes Gericht. Bebend fuhr sie nach Hause und warf sich verzweifelt aufs Bett.

Sie brauchte Bernhard, um bei ihm Trost zu finden. Ein Blick auf die Uhr zeigte ihr, daß sein Bureau bereits geschlossen sein mußte. Die vertraute Nummer seiner Wohnung anzurufen, wagte sie nicht. Sibylle konnte an den Apparat kommen, und aus Andeutungen Bernhards hatte sie herausgehört, es wäre besser, nicht mit ihr zu sprechen. Dennoch versuchte sie es, verstellte ihre Stimme beim Telephon, richtig meldete sich Sibylle. Merzbach war ohne triftigen Grund nicht an den Apparat zu bekommen, und in ihrer Aufregung fiel ihr keiner ein; rasch hängte sie ab.

In ihre Verzweiflung mischte sich die Wut einer Bettlerin, die einen Stein statt Brot erhält. Sie warf sich auf den Boden, hämmerte mit den Fäusten gegen ein Tischbein, ihr Kopf schlug krachend gegen die Erde, und dazwischen stieß sie in kurzen Absätzen laute Schreie aus. Das dauerte so lange, bis die heisere Kehle keinen Laut mehr hergab und die Ermüdung ihre Wut besiegte. Da war es eben Zeit, ins Theater zu gehen.

Aus dem Spiegel ihrer Garderobe sah ihr ein verweintes und

verfallenes Gesicht entgegen. Die Schminke konnte die roten Gesichtsflecken nicht verdecken. Als sie auftrat – in dekolletiertem Abendkleid – sah sie unten eine Menge Zuschauer versammelt. Ihre Stimme klang rostig, doch waren die ersten Worte ihrer Rolle nicht sehr wesentlich. Sie kam sich alt, müde und häßlich vor, und kehrte dem Zuschauerraum den Rücken, weil sie sich vor sich selbst schämte.

Mitten in der großen Szene, die ein heiteres Rededuell zwischen ihr und einem widerborstigen Freier brachte, fühlte sie plötzlich etwas Nasses die Nase entlanglaufen und sah es mit einem leichten Klick die Seide dunkeln. Sie weinte? Sie wußte es nicht. Wieder öffnete sie den Mund zu einer witzigen Antwort, doch brachte sie nur ein rauhes Gurgeln hervor. Sie starrte auf ihren Partner, dieser erschrocken auf sie. Ein wildes Brausen war in ihren Ohren, sie nahm sich alle Mühe, die Souffleuse zu hören, doch vernahm sie nur ein fernes Gelispel. Sie hörte den Schauspieler immer dasselbe sagen, aber sie verstand ihn nicht. Ihr Kopf kam ihr wie eine große, schwarze, leere Kugel vor, und ein panischer Schrecken ergriff sie. Ehe sich noch Mitspieler und Zuschauer klar werden konnten, was eigentlich geschehen war, sprang sie auf, stürzte in ihre Garderobe und hatte die Kleider abgeworfen, noch ehe der Regisseur herbeigeeilt war, um zu hören, was dies alles zu bedeuten hätte.

Sie ließ sich gut zureden, zog das Kleid wieder an, kam auf die Bühne, blinzelte in die Lichter wie ein Stier vor dem Kampf, konnte auch die ersten Worte der Souffleuse hören, wollte sich mit einem Sprung in die Rolle werfen und konnte wieder nicht weiter. Der einzige klare Gedanke: zurück in die Garderobe! Dort verfiel sie in eine Art Ohnmacht, verlor zwar nicht das Bewußtsein, lag aber völlig hilflos da und bot einen so bejammernswerten Anblick, daß man ihr raten mußte, sofort nach Hause zu fahren.

Die Verwirrung war groß. Zum Glück fand sich eine mutige Anfängerin, die die Proben in der Hoffnung auf eine Krankheit der großen Kollegin mitgemacht hatte. Sie erbot sich, die Rolle in zwei Tagen zu spielen.

Carola kam, von ihrer Ankleiderin begleitet, ins Hotel, nahm eine große Dosis eines Beruhigungsmittels und fiel sofort in quälenden, unruhigen Schlaf.

Am Morgen rief Bernhard an. Carolas Bericht, den sie ihm in knappen Worten gab, erschreckte ihn tief.

Als er gegen Mittag kam, empfing sie ihn feindselig. Obwohl sie einsah, wie unberechtigt ihre Verstimmung gegen ihn war, machte sie ihn dafür verantwortlich, daß es ihr gestern in ihrer Not nicht gelungen war, ihn zu erreichen. Er litt unsagbar, nahm die Schuld auf sich, verwünschte seine Nachgiebigkeit gegenüber Sibylle, flehte Carola an, ihm zu vertrauen und noch eine Weile Zeit zu gönnen. Er stand vor ihr, ein betrübter Vater, der um seiner Tochter willen litt.

Carola ließ sich zu heftigen Worten hinreißen, verschwieg den peinlichen Vorfall im Theater, maß Bernhard die ganze Schuld an ihrer verzweifelten Lage zu und verstieg sich zu Ausrufen, wie: »Vergißt du denn ganz, daß ich eine berühmte Frau bin«, schämte sich sofort dieses banalen Satzes, um aus Ärger darüber ihm andere ebenso protzige Redensarten an den Kopf zu werfen.

Mit Mühe gelang es Bernhard, sie zu beruhigen. Dann sah er auf die Uhr, und Carola nahm es als Zeichen seiner Abhängigkeit von Sibylle; das erbitterte sie so, daß sie auf einmal ganz sanft und freundlich wurde. Sie bemerkte seine Unruhe, ahnte eine Verabredung mit seiner Tochter und bat ihn zu gehen. Er war ratlos, stand vor der Wahl, Carola, die er leiden sah, allein zu lassen, oder Sibylle, der er die Begleitung auf eine Tanzgesellschaft versprochen hatte. Durch sein Ausbleiben würde er Sibylle aufregen und schlimme Stunden mit ihr erleben müssen. Also hielt er sich an die gegebene Zusage und ging, traurig und bekümmert, aber im tröstlichen Gefühl, seinem Versprechen wenigstens nicht untreu geworden zu sein. Er litt, aber er ging.

Zurück blieb nicht Carola, sondern ein krankes, verzweifeltes Tier. Sie verkroch sich für eine Weile unter den Tisch, wo sie wie in einer Höhle saß, denn das Zimmer war zu groß für ihren Schmerz, dann floh sie, bedroht vom Schweigen der Wände, auf die Straße, irrte durch unbekannte Gegenden und fand sich endlich vor einem Privathaus, davor ein Teppich lag, darüber ein Baldachin, was bedeutete: Hier ist heute anbefohlene Freude. Carola, durch schützendes Dunkel verborgen, sah vorfahrende Autos, denen festlich gekleidete Gäste betont nachlässig entstiegen.

Da erkannte sie Bernhards ankommendes Auto, sah ihn aussteigen und zärtlich besorgt Sibylle aus dem Wagen helfen.

Die Auffahrt der Autos war lange beendet, aber immer noch lehnte Carola an der Mauer. Dann ging sie still durch die Straßen, erreichte ihr einsames Zimmer, nahm den lange vergessenen Angelus Silesius vor und las bis zum Morgen.

Als sie sich, steif vom langen Sitzen, erhob, wußte sie, daß alles Geschehene nur eine Strafe war, weil sie ihre Suche nach dem Wesentlichen unterbrochen hatte. Wie damals, in der Nacht neben Friedrich Karl, versuchte sie, die vergangenen Tage und Wochen zu überdenken, durchforschte sie alle geheimen Falten ihrer Seele. Durch diese Einkehr hellsichtig geworden, erkannte sie die Gebundenheit Bernhards an sein Blut und ihr Unrecht. Seine Liebe zu ihr und seine Abhängigkeit von der Tochter hatten so wenig miteinander gemein, daß ihm selbst wohl gar nicht zu Bewußtsein kam, wie sehr sein Familiensinn auf Carola als Egoismus wirken mußte. Und dennoch mußte sie sich daran genügen lassen, diesen Menschen gefunden zu haben, der zu ihr gehörte. Alle Hindernisse und Schwierigkeiten waren dagegen nebensächlich.

Die Briefaffäre war peinlich, aber hier durfte sie sich von jeder Schuld freisprechen; wenn sie geheuchelt hatte, so nur aus Mitleid für Friedrich Karl.

Anders lagen die Dinge in ihrem Beruf. Es war ganz klar, daß sie versagt hatte. Die Bereitwilligkeit, mit der man der anderen, der Jungen, ihre Rolle anvertraut hatte, war ein deutlicher Beweis. Früher hätte man sie nicht so ohne weiteres gehen lassen. Ein leichter Ohnmachtsanfall war kein hinreichender Grund, um sofort und sichtbar erfreut auf ihr Spiel zu verzichten. Über diese traurigen Tatsachen durfte sie sich nicht einfach hinwegtäuschen.

Alles Schwere war auf einmal über sie hereingebrochen: die Erkenntnis, daß Bernhards Liebe Grenzen hatte, und die Erkenntnis der Grenzen ihrer Begabung.

Zwei Wege blieben offen: entweder zu resignieren oder aufs neue den Kampf zu beginnen.

Sie mußte der Worte gedenken und es graute ihr vor der eiskalten Luft, die von ihnen ausging:

»Ein wesentlicher Mensch ist wie die Ewigkeit,
Die unverändert bleibt in aller Außenheit.«

Inzwischen hatte Bernhard eine längere Auseinandersetzung mit Sibylle gehabt, in der diese sich zum ersten Male etwas offener über ihre Wünsche aussprach. Er atmete beinahe erleichtert auf, als er ihre Gründe hörte und zu erraten glaubte, daß ihr Widerstand gegen seine Heirat fast nur materielle Ursachen hatte. Die Befürchtungen Sibyllens konnte er zerstreuen: sein Leben würde noch einfacher werden, Carola schien nicht anspruchsvoll und tatsächlich ließe selbst ein kleineres Einkommen noch immer die Möglichkeit, sorgenlos, mehr als behaglich, zu leben.

Ein Hoffnungsstrahl blinkte auf. Zwar nahm er sich vor, in Carola nicht vorzeitig Erwartungen zu wecken, die vielleicht bis zu ihrer Erfüllung noch viel Zeit und Geduld brauchten, aber als er an diesem Abend zu Carola ging, fühlte er sich doch leicht und froh wie schon lange nicht.

Sein Glück wuchs, als auch Carola keinerlei Verstimmung mehr zeigte.

Sie schien sich über den Zwischenfall im Theater vollends beruhigt zu haben; nun, ihm war gewiß alles recht, was sie für gut hielt, ihre Bühnenerfolge konnten ihn bestenfalls nur stören.

Ihr Gesicht sah ganz klein und verfallen aus, er bedeckte es mit seinen Händen, flüsterte sinnlose Liebesworte, küßte ihre trokkenen Lippen, zog sie an sich, trug sie ins Schlafzimmer und ließ keine Stelle ihres nackten Körpers ohne Liebkosung. Diese Nacht schenkte ihnen ihre schönsten Stunden.

Glücklich ging Bernhard nach Hause, glücklich und zuversichtlich blieb Carola zurück.

Am nächsten Morgen rief ihn ein Telegramm unvermittelt nach Paris.

# 10

Seine Reise zog sich länger hin, als er gedacht hatte, und führte ihn von Paris für ein paar Tage nach New York. Endlich zurückgekehrt, fand er Carola gänzlich verändert.

Es war Frühling geworden. Das Hotelzimmer schwamm in Sonne und Licht, als sie vor ihm stand und ruhig, liebevoll, seine Küsse erwiderte. Er war von der Bahn sofort zu ihr gestürzt, um ihr von seinen günstigen Geschäften zu erzählen. Da er wußte, wie sehr sie seine Arbeit interessierte, berichtete er lange und ausführlich; dann mußte er nach Hause, nachdem er ihr versprochen hatte, abends wiederzukommen.

Nun hatte Sibylle gerade mit diesem Abend gerechnet. Was tun? Da verfiel er schließlich wieder in seine alte Schwäche und rief Carola an, um sich zu entschuldigen. Aber nach seinen ersten Worten bekam er zu seinem Erstaunen keinerlei gereizte Reden zu hören. Ganz im Gegenteil; lieb und freundlich bedeutete sie ihm, sie verstünde sehr wohl seine Schwierigkeiten und bäte ihn nur, sich keine Sorgen zu machen; sie werde ihn eben morgen sehen.

Bernhard kam am nächsten Abend und konnte es kaum erwarten, Carola in seinen Armen zu halten. Die lange Entfernung hatte ihm nur noch deutlicher gemacht, wie sehr er an ihr hing, wie unentbehrlich sie ihm geistig und körperlich war. Ihre heitere Güte rührte ihn fast zu Tränen, und er schwor sich, diese Frau mit aller Liebe zu überschütten, deren er nur fähig war.

Zur Feier seiner Rückkunft tranken sie Sekt. Carolas vor Liebe leuchtendes Gesicht, ihr neues Kleid, die Blumen und Kerzen auf dem Tisch, das alles machte ihn fast toll vor Glück.

Als er sie an sich zog, fühlte Carola ein leises Widerstreben, dem sie anfänglich wehrte. Doch im Augenblick der Hingabe kam eine große, helle, nüchterne Klarheit über sie. Sie hörte sein heftiges Atmen, blieb unempfänglich für die Steigerung seines Gefühls, versuchte gleichwohl, sich fortreißen zu lassen – nichts!

Sie richtete ihre Gedanken mit aller Kraft auf den Geliebten, rief die Erinnerungen an die früheren, unbeschreiblichen Wonnen wach – nichts! Klar, hell, kalt blieb sie außerhalb des mystischen Dunkels, in das der Mann versunken war. Nicht die leiseste Trübung ihrer Wachheit – nichts! Sie zwang sich zu der Vorstellung, die sie in Friedrich Karls Liebesstunden erprobt hatte, und als er dann in glücklicher Ermattung neben ihr lag, war sie weder traurig noch unglücklich, sondern zunächst nur starr vor Staunen.

Was war geschehen? Was, um Himmels willen, war geschehen? Jetzt, wo sie Bernhard selbstloser, inniger zu lieben glaubte, als je zuvor, frei von aller Eitelkeit, aller Eifersucht und jedem Egoismus – jetzt streikte ihr Körper.

Sie klammerte sich an ihn, sie wollte nicht, wollte nicht wieder zurückfallen in die alte Pein – er sollte sie festhalten. Das Ganze war sicherlich nur ein Zufall und es schien am besten, keine Worte darüber zu verlieren, zu schweigen, vor allem zu vergessen. Diese Stunde konnte nicht gewesen sein, durfte nicht gewesen sein!

Bernhard verabschiedete sich von einer heiteren, liebenswürdigen Frau. Seine Nerven, die keineswegs so gesund waren, wie sein Aussehen vermuten ließ, waren in der letzten Zeit stark in Anspruch genommen worden. Carolas Gereiztheit, Sibyllens Launen, die Schwierigkeit der Bankdispositionen ließen ihn oft nicht zu Atem kommen. Daß Carola sich jetzt mit allem so zufrieden zeigte und so fest an das gute Ende glaubte, schien ihm wie ein Geschenk des Himmels.

Carola aber fühlte sich von ihrem Sturz aus dem Paradiese so vor den Kopf geschlagen, daß sie zuerst vor sich selbst Verstekken spielte. In seiner Anwesenheit zwang sie sich zu guter Laune, scherzte und lachte, besprach mit Bernhard alle seine Pläne und redete sich bei seinen Küssen in sinnliche Wünsche hinein.

Kaum im Bett, begann wieder das grausame Sichzergliedern und Grübeln, wie es Leuten ergeht, die schlafen wollen und doch wissen, daß sie an Schlaflosigkeit leiden. Sie sagen sich: »Wie müde bin ich, nun fangen meine Gedanken an, sich zu verwirren, gleich werde ich schlafen – gleich werde ich schlafen.« Und schon sind sie wach, so wach wie nie am Tage. So erging es Carola in Bernhards Armen.

Und dennoch gab sie den Kampf nicht auf.

Langsam wurde ihr klar, daß ihre Gleichgültigkeit und Kälte

aus derselben Quelle floß, wie einst ihre Abgeklärtheit, mit der sie Friedrich Karls Untreue hingenommen hatte. Vor die Wahl gestellt, zu leiden oder ihn zu verlassen, hatte sie sich zum Verzicht gezwungen. Und von jener Stunde an war sie in seinen Armen gefühllos geworden. Hier lag der Fall ähnlich, so verschieden er schien. Ihr schwer verwundeter Glaube an Güte, Liebe und Zärtlichkeit brauchte wahrscheinlich weithin sichtbare Zeichen, um wieder zu gesunden. Hätte Bernhard ihr zuliebe das Opfer gebracht, auf Sibyllens Wünsche keine Rücksicht zu nehmen, wäre alles gut geworden. So aber lehnte sich ihr Körper auf.

Carola machte einen letzten Versuch. Sie wollte ihm klar machen, daß sie einander eigentlich kaum kannten; sie säße in dem Hotelzimmer wie in einem freiwilligen Gefängnis und so fehle die Möglichkeit, den Charakter eines Menschen in Berührung mit dem täglichen Leben und anderen Menschen zu erkennen. Als er ihr gut und sanft antwortete, er kenne sie ganz genau und brauche dies alles nicht, warf sie sich vor ihm auf die Erde.

Sie lag auf den Knien und hatte das Gefühl, sie müsse sich die Brust aufreißen, um ihre kranke Qual zeigen zu können. Sie wünschte so sehr, ihn zu überzeugen, daß die Anstrengung sie erschauern machte, ihr die Empfindung gab, als schösse Blut aus ihrem Körper. Ein Blick in sein unbewegtes Gesicht hieß sie unvermittelt aufspringen. Der Fall war erledigt, es gab keine Hoffnung mehr!

Niemals noch hatte Bernhard so zauberhafte Tage erlebt. Am Telephon bekam er liebevolle Antwort, kein bitteres Wort drängte sich in ihr Gespräch, und allmählich besprach der schüchterne und verschlossene Mann mit Carola nicht nur seine geschäftlichen Sorgen, sondern auch alle Pläne Sibylle betreffend. Die Heirat würde in drei Monaten zur Tatsache werden; eine von Sibyllens Freundinnen hatte bei ihrer Rückkehr aus Italien einen Conte im Schlepptau, der sich aber so albern benahm, daß Sibyllens zukünftiger Gatte ihm unbedingt vorzuziehen war. Der gutmütige und hübsche Kerl verdiente übrigens gar nicht das harte Schicksal, der Mann einer verwöhnten, keineswegs klugen und deshalb so eingebildeten Frau zu werden.

Die Wartezeit schien immerhin begrenzt, die Lösung aller Schwierigkeiten lag in nächster Nähe. Aber in wie rosigen Farben auch Carola sich die Zukunft ausmalte – ihr Körper setzte allen diesen Plänen ein unerbittliches Nein entgegen.

Die Öffentlichkeit hatte sich inzwischen über Carolas Scheidung beruhigt. Es ging gegen Sommer, die Scheidung war im letzten Herbst gewesen, und noch immer sah keine der Frauen, die den Einsamen trösten wollten, die Möglichkeit, ihm ihren Trost auch wirklich angedeihen zu lassen. Es war verständlich, daß einige der Enttäuschten die Fahne umsteckten und ihre Sympathie für Carola wiederfanden. Immerhin, sie war doch eine Künstlerin, deren Name seit langem einen guten Klang hatte. Vielleicht war doch manches, was man ihr nachsagte, falsch – nicht wahr? Wo steckte sie nur? Warum spielte sie nicht? Und die Theaterdirektoren, die noch im Herbst dem Publikum zu Gefallen: »Steiniget sie!« gerufen hatten, gesellten sich jetzt zu den Wohlgesinnten und fragten mit ihnen: »Warum spielt sie nicht?«

Carola war so eingesponnen in ihre Welt und ihre Liebe, und so sehr der Überzeugung, am Ende ihrer Laufbahn zu stehen, die Grenzen ihres Talents erreicht zu haben, daß ihr die Freude das Blut in den Kopf trieb, als ihr die erste Anfrage eines Theaters durch einen Agenten überbracht wurde. Sie hatte Mühe, die Worte zu unterdrücken: »Wie lieb von Ihnen, daß Sie an mich denken«, obwohl sie wußte, daß jede Offenherzigkeit nur die Preise drückt. Aber sie griff mit beiden Händen zu, sah sie doch in der Arbeit fürs erste eine Rettung aus ihrer Not.

Die ihr in einem neuen Stück angebotene Rolle war allerdings keine Hauptrolle – die fiel einem bekannten Schauspieler zu –, aber eine dankbare Nebenrolle. Kein großer Schlager, doch konnte sie durch einige Sätze, die aufhorchen ließen, der Figur Farbe und scharfe Konturen geben.

Ohne erst lange nach der Höhe der Gage zu fragen, nahm sie an. Als Bernhard später zu ihr kam, war sie nach vielen Tagen wieder einmal ganz froh und aufrichtig.

Sibyllens Heirat wurde von Bernhard mit beschleunigter Eile betrieben. Er fühlte, daß ihm Carola so lebenswichtig war wie sein Auge, das zwar die Gegenwart nicht sehen wollte, aber um so sehnsuchtsvoller in die Zukunft blickte.

Der bewegliche Geist dieser Frau, ihr Wissen um Dinge, die ihm zwar nicht vertraut waren, aber verlockend schienen, machte sein Leben reicher, und der Gedanke, diesen Menschen, den er so spät gefunden, nun bald für immer an seiner Seite zu wissen, war ihm eine Quelle steter Freude. Gewiß würde es ihm auch noch gelingen, die düsteren Stimmungen, die er auf dem Grunde ihrer Heiterkeit erkannte, für immer zu bannen; hielt er sie doch nur für die Folge der früheren Erlebnisse. In langen Jahren hatte er so viel unverbrauchte Liebe in sich aufgespeichert, daß er verschwenderisch schenken konnte. Zunächst hieß es aber mit seiner Tochter ins reine kommen, deren Widerstand gegen Carola ihn ernstlich zu erzürnen begann.

Carola spürte die Wandlung in ihm und freute sich darüber; sie erhoffte sich davon das alte Glück ihrer Liebe, hielt sich selbst lange Reden, um sich zu beweisen, daß nicht der geringste Grund zu Verbitterung und Verzweiflung vorlag. Als das alles nicht fruchtete, entschloß sie sich, einen bekannten Psychoanalytiker aufzusuchen. Er empfing sie, einigermaßen neugierig, die Frau, über die allerhand widersprechende Gerüchte in Umlauf waren, persönlich kennenzulernen. Noch waren die ersten Begrüßungsworte kaum gewechselt, als Carola bereits Platz genommen hatte und mit ihrer Eröffnung begann:

»Ich leide daran, daß ich in den Armen eines Mannes vollständig kalt bleibe. Können Sie mir helfen?«

Der Arzt fuhr hoch. So knapp und ruhig war ihm diese Frage noch nie von einer Frau gestellt worden. Zumeist gelang es ihm erst nach langwieriger und mühsamer Untersuchung, aus einem Wust von Belanglosigkeiten dieses Eingeständnis herauszuschälen. Er betrachtete Carola aufmerksam, erkannte unter dem geschmackvollen Kleid den gestählten Körper, und in ihrem Gesicht den männlichen Geist. Der nächstliegende Gedanke schoß ihm durch den Kopf.

»Sie brauchen keinerlei Gewissensbisse zu haben, gnädige Frau, wenn Sie in gleichgeschlechtlicher Liebe die Befriedigung finden, die Sie vom Manne vergebens erhoffen. Damit teilen Sie nur das Schicksal von Tausenden.«

»Nein«, gab sie scharf zurück, »das ist keine Hilfe für mich.«

Der Arzt lächelte ungläubig, er erinnerte sich der Gerüchte, die von gewissen Neigungen Carolas wissen wollten.

Carola verstand sein Lächeln und fuhr fort, während sie ihn festen Blickes ansah:

»Lieber Herr Doktor, ich bin zu Ihnen gekommen, um durch eine offene Aussprache Erleichterung zu finden und mir bei Ihnen Hilfe zu holen. Wie könnte ich Hilfe finden, wenn ich lügen wollte? Nur durch die unverhüllte Wahrheit kann man zur Linderung und Erlösung gelangen, wie in der katholischen Beichte. Ich kenne keine Vorurteile. Was Moral ist, wußte ich niemals genau. Wenn es mich zu Frauen triebe, würde ich dem Trieb folgen, ohne zu begreifen, daß man es mir verübeln könnte. Denn alles scheint mir für den erlaubt, der sich frei zu der Lust bekennt, die die Welt regiert, sofern nur ein Partner, Frau oder Mann, seine Lust ehrlich teilt! – Aber mich treibt es gar nicht zur Frau, sondern zum Manne!«

Die forschenden Fragen des Arztes, ob sie wisse, woher ihre Kälte – Dyspareunie nannte er es – kommen könne, ob sie schon immer darunter gelitten, ob sie vielleicht durch einen Traum, ein Erlebnis dazu gelangt sei, beantwortete Carola sehr einsilbig. Dieser plötzliche Umschwung nach der Offenheit, mit der sie eben noch gesprochen hatte, war vielleicht unverständlich, aber sie fühlte, je mehr der Arzt in sie drang, die Aussichtslosigkeit ihres Besuches. Eine Aussprache mochte manchen Frauen Erleichterung bringen, manche würden sie vielleicht pikant finden und aus ihrer Langeweile gerissen werden, anderen würde sie eine vermißte Wichtigkeit verleihen. Aber Carola fand das Ganze lächerlich und dumm. Sie konnte genau auf den Tag angeben, wann ihr Verstand die Herrschaft über ihren Körper erlangt und ihm jede Lust verboten hatte. Ihr Weibtum, eng mit ihrem Intellekt verbunden, reagierte auf jeden Zwang, jede Resignation mit einem Nein.

Hätte sie es vermocht, gegen Friedrich Karls Launen verständnislos zu toben, und Bernhards übertriebene Vaterliebe mit allen Mitteln zu bekämpfen, dann hätten die auf die Zerwürfnisse folgenden Versöhnungen ihre Lust wahrscheinlich immer wieder neu belebt. Aber die aufgezwungene Entsagung tötete sie.

Sollte sie dies alles jetzt dem Arzt erzählen, der mit saugenden Blicken ihr Gesicht abtastete? Wozu? Was würde der Erfolg sein? Heilung? Nein, Ekel! Ekel vor der Neugier dieses Zudringlichen, der schmatzend bereit schien, die sensationellen Enthüllungen einer bekannten Künstlerin zu schlucken. Nachdem sie bereits einige Fragen unbeantwortet gelassen hatte, stand sie auf und sprach:

»Wenn ich also über die Ursachen genau unterrichtet bin, wenn ich genau angeben kann, wann und weshalb, bei wem und wie oft mich diese ›Dyspareunie‹ – (sie sprach das Wort gewissenhaft und langsam aus) – befallen hat, können Sie mir dann helfen?«

Der Arzt gab eine ausweichende Antwort: – allerdings – immerhin – deßungeachtet –.

Aber da war Carola schon so rasch zur Türe hinaus, als würde sie von Teufeln gejagt. Sie hielt nicht eher in ihrem Lauf an, bis sie um die nächste Straßenecke gebogen war.

Nein, da war ihr der alte Frauenarzt noch lieber gewesen, den sie vor Jahren einer kleinen Unpäßlichkeit wegen aufgesucht hatte, und der damals ihre schüchternen Andeutungen grob unterbrach: »Ach, darüber klagen fast alle Frauen, da kann man nichts machen, finden Sie sich damit ab, denken Sie nicht soviel ans Bett und bemühen Sie sich, Ihren Mann dahin zu bringen, Verschiedenes zu versuchen, bis Sie das Rechte gefunden haben.«

Sie betrat die Halle ihres Hotels und rannte fast in eine Gruppe von Menschen hinein, die auf jemand zu warten schienen. Als sie eine Entschuldigung murmelte, erkannte sie Max und Marie Luise, Albert und Adele, die Verwandten von ehedem. Es verschlug ihr die Rede. Auch die Wolfsbergs blieben stumm, bis endlich Max verkniffen flüsterte: »Können wir zu dir auf dein Zimmer kommen?«

Ohne zu antworten, eilte Carola voraus zum Fahrstuhl und bat mit einer Geste, ihr zu folgen. Wieder überfiel sie ihr altes beklemmendes Gefühl, sie kam sich vor wie ein Schulmädel, das etwas angestellt hat und nicht recht weiß, ob und was davon bekannt geworden ist. Hastig überdachte sie alles, was sie in letzter Zeit getan hatte, wobei sie vergaß, daß man ja keinerlei Recht mehr hatte, ihr Leben zu überwachen. Aber sie hatte solche Angst vor diesen strengen Richtern, daß Schweißtropfen über ihre Stirn perlten, als sie den kleinen hübschen Wohnraum betrat.

Die Blicke Maxens und Marie Luisens spähten forschend durch das Zimmer. Sie rechnen schnell nach, ob die Höhe des

Zimmerpreises mit meinem kleinen Vermögen in Einklang steht, dachte Carola; dann bat sie mit gepreßter Stimme, sich zu setzen.

Man tat es mit einer gewissen Feierlichkeit, in der Trauer, aber auch ein klein wenig falsches Pathos mitspielte. Da saßen sie nun und stierten jeder in eine andere Richtung. Max sah auf ein Hotelkuvert, in dem er eine Rechnung vermutete, Marie Luise auf einen kostbaren Blumenstrauß, Adele auf Carolas Kleid und Albert auf seine Nägel.

Das Schweigen wurde unerträglich, und Carola hatte schließlich das Gefühl, in einem Panoptikum unter Wachsfiguren zu sitzen. Ein Schreck befiel sie, ob nicht diese ganze schweigende Gesellschaft nur eine Luftspiegelung ihrer überreizten Sinne wäre. So schob sie Max die Zigarettendose hin und diese Bewegung löste einen heiseren Schrei aus Marie Luisens Kehle, der sich anhörte wie: »Wolgers ist ein Schuft!«

Max hob die Hand, Adele wandte den Kopf, Albert sah auf. Sie lebten also alle, es waren keine Schemen.

Der Ausruf hatte Max aufgerüttelt, und er fing mit leiser Stimme zu erzählen an, daß sie in großer Sorge wären und sich deshalb entschlossen hätten, offen mit Carola zu sprechen.

»Du verstehst, es handelt sich um eine Angelegenheit, die wir nicht ohne weiteres mit jedermann besprechen können. Wir haben erkannt, daß du verschwiegen bist und glauben auch nicht, daß du in Friedrich Karl einen Feind siehst, trotz allem, was geschehen ist.«

Carola stimmte durch ein Kopfnicken zu.

»Es haben sich nämlich Dinge ereignet, Dinge –« stotterte Max und blickte verstört in eine Ecke, als stünde dort der Text seiner folgenden Rede zu lesen, die er angestrengt fortsetzte:

»– kurz, Wolgers hat sich entpuppt, er ist anders als wir dachten, und ist in letzter Zeit noch dazu in die Hände eines –«

»Hermaphroditen!« flötete Adele mit gierig glitzernden Augen. Max blickte sie wütend an, sah dann wieder nach der Ecke und fuhr fort:

»– eines Homosexuellen, eines Verbrechers gefallen, einer Kreatur, die aus den Schwächen anderer Nutzen zieht und Geld erpreßt!«

Damit war sein Vorrat an Worten anscheinend erschöpft,

und Albert kam an die Reihe. Seine vollen, roten Lippen waren ganz blaß, als er sie öffnete, um Furchtbares zu berichten.

Wolgers, in den Händen dieses Ausbeuters, bedrohte den Professor, wenn der sich seinen Geldforderungen widersetzen wollte, mit Skandalen; die übelste und albernste Erpresseraffäre war in vollem Gange.

Dabei stand noch nicht einmal fest, daß die Beziehungen zwischen Wolgers und dem Professor mehr als harmlos waren. Aber nun sei Friedrich Karl durch seinen Beruf und seine Stellung von diesem Wolgers völlig abhängig geworden. Was sollte werden, wenn er den maßlosen Geldforderungen nicht mehr nachkommen könnte? Max berichtete, während seine Wangen wie bei einem Fieberkranken glühten, daß er selbst mit Wolgers öfters gesprochen habe, nachdem sein Bruder sich ihm in seiner Verzweiflung endlich anvertraut hatte. Aber Wolgers, der gutmütig, einsichtig, vielleicht auch gar nicht schlecht veranlagt sei, habe in der nächsten Stunde alle feierlichen Versprechungen vergessen, er sei zu allem fähig, sobald er nur wieder mit jenem Teufel zusammentraf, der ihn um Unsummen schröpfte.

Die Klinik wurde vernachlässigt, es häuften sich die Klagen der Patienten. Friedrich Karl operierte schlecht, denn gewöhnlich trat Wolgers vor einer Operation mit Geldforderungen an ihn heran, und die Szenen, die dann folgten, raubten dem Professor jede Sicherheit und Ruhe. Max brach trostlos ab.

Carola war entsetzt. Sie hatte Ähnliches kommen sehen, aber nicht so Schlimmes erwartet. Sie fühlte sich für diese Entwicklung irgendwie verantwortlich. Augenblickslang hatte sie den unsinnigen Gedanken, sich vorwerfen zu müssen, daß sie damals dem Verlangen ihres Mannes nicht nachgegeben hatte. Aber gleich danach wurde ihr klar, daß sie damit doch nichts hätte verhindern können. Es wären eben zwei Menschen statt des einen zugrunde gegangen.

Sie starrte die Brüder an, die mit ihren Augen ängstlich an Carolas Mund hingen. Offenbar erwarteten sie etwas von ihr, aber sie konnte nicht erkennen, was es war. Adele sagte: »Könntest du nicht –«, aber Max rief ihr rasch zu, sie solle schweigen.

Carola betrachtete sie der Reihe nach. Wie traurige Geier hockten sie da mit ihren großen Nasen und müden, verhärmten Gesichtern. Trauer! Trauer um ein Familienmitglied, das in

Bedrängnis war! Wie sie zusammenhielten und sich eng um den Bedrohten scharten! Der Gang zu ihr mußte ihnen sauer genug geworden sein. Dieses Füreinandereinstehen rührte sie. Und so fragte sie so sanft wie möglich: »Was habt ihr euch eigentlich gedacht, von mir zu verlangen? Ihr seid doch in einer bestimmten Absicht gekommen!«

Lange Pause. Endlich ertönte Adeles etwas fettige Stimme: »Wir haben gehofft, du würdest Mitleid mit ihm haben und zurückkehren. Er liebt dich noch immer, spricht viel von dir, und wir sind überzeugt, daß nur du ihn retten kannst.«

Adeles Augen füllten sich mit Tränen und ihr geistloses Gesicht war jetzt durch den Adel eines wirklichen Kummers beinahe schön geworden. In ihrer Einfalt hatte sie hinausgeschrien, was die andern nicht über die Lippen brachten.

Carola getraute sich kaum, aufzuschauen, ihre Hände spielten mechanisch mit einem Würfel aus Lapislazuli, einem Briefbeschwerer von ihrem Schreibtisch. Sie drehte ihn krampfhaft und hastig hin und her, als könnte sie damit wie ein Zauberer den Spuk bannen, dem sie zu verfallen drohte. Während sie die Flächen des Würfels in ihren Händen betrachtete, schoß ihr blitzartig die Erinnerung an ihren Traum durch den Kopf. Sie sah den riesigen, gespenstigen Würfel vor sich und vernahm die Aufforderung, nochmals in ihr altes Leben zurückzukehren. So vage auch der Zusammenhang zwischen jener Traumepisode und dieser Wirklichkeit war, überfiel sie jetzt vor dem Gedanken, die Tortur ihrer Ehe, die Marter der Nächte mit Friedrich Karl auf sich zu nehmen, ein solches Grauen, daß sie den Würfel hart auf den Schreibtisch zurückstellte und aufsah.

Ein trauriger Anblick, diese vier Menschen in ihrem Schmerz! Carola entschloß sich, ihre Absage behutsam zu verabreichen wie eine sehr bittere Medizin.

»Ihr dürft mich nicht für unmenschlich halten«, begann sie und schöpfte Mut, indem sie die Füße fest auf den Boden setzte und die Armlehnen mit den Händen umspannte, daß es knackte, »wenn ich euch sage, daß es mir unmöglich ist, zu Friedrich Karl zurückzukehren. Nicht aus frivoler Laune bin ich fortgegangen, auch nicht um der Liebe zu einem andern willen, obwohl dies auch noch hinzukam. Es war mir klar geworden, daß Liebe und Sinnlichkeit nur sehr bedingt zusammenhängen. Ich wollte mich verständlich machen, aber niemand hörte auf mich. Bei der leisesten Andeutung war Friedrich Karl in seiner Männlichkeit verletzt. Man kann einer Frau mit Erfolg befehlen, zu kochen, Strümpfe zu stopfen, auf der Schreibmaschine zu schreiben, Französisch und Englisch zu lernen, auch ein freundliches Gesicht zu zeigen, wenn der Mann tobt; aber nie wird man bei der Frau Gefühle erzwingen können, wenn ihre Sinne streiken. Der körperliche Gleichklang ist ein seltenes Geschenk.«

Carola schwieg, von der Erinnerung an Bernhard schmerzlich gepackt, denn sie fürchtete in Tränen auszubrechen, die man falsch deuten konnte.

Max und Albert saßen völlig verwirrt, während Marie Luise in ihrer Aufregung ihr Taschentuch zu einem Strick drehte. Adele schaute halbgeöffneten Mundes Albert an, ihre Augen waren feucht und listig.

Carola wollte schnell zu einem Ende kommen und versuchte, ihnen begreiflich zu machen, daß nach allerhand Geschehnissen, die sie nicht erzählen mochte, der Konflikt unerträglich geworden war; ihr Körper habe gegen jedes Zusammenleben mit Friedrich Karl revoltiert und die Kluft sei nun so unüberbrückbar, daß kein Mitleid und keine Vernunft sie dazu bringen könnten, auch nur im gleichen Zimmer mit ihm zu wohnen. In bewegten Worten bat sie, ihr zu glauben, und versicherte, daß sie den Versuch, sie zurückzuholen, ehrend empfinde. Während sie immerzu redete, mußte sie denken: »So geht doch schon, es ist ja unerträglich!«

Endlich erhoben sie sich, wie betäubt von dem Hagel von Worten, der auf sie niedergeprasselt war. Sie wußten keine Antwort mehr, und standen halb versöhnt, halb empört, dieser fremden, eigensinnigen Frau gegenüber, die über Dinge redete, die wahr sein mochten – Marie Luise: »Es ist so, es ist so!« –, aber über die man doch keineswegs sprechen durfte. Verzagt, wie geschlagen, schoben sie sich zur Türe hinaus.

Carola kauerte sich in den großen Lehnstuhl, in dem sie eng an Bernhard gelehnt zu sitzen pflegte, ihre linke Schulter unter seiner rechten Achsel, den Kopf auf seiner Brust, die Nase an seinen Hals gepreßt. Sie zog die Knie zum Kinn herauf, ein Frostschauer schüttelte sie. Wie eine lehmige, schmutzige Welle ergossen sich die vergangenen Jahre über sie. Wenn sie Bernhard früher gefunden und Friedrich Karl eher verlassen hätte, ob ihr Leben dann leichter gewesen wäre? Ach, nur nicht denken müssen! Vergessen! Schlafen!

Sie wollte zur Kognakflasche greifen und sie rasch leeren, denn Morphium versagte bei ihr seine betäubende Wirkung, aber da fiel ihr Bernhard ein und daß sie ihn jetzt erwartete; er sollte sie nicht betrunken sehen.

Es wurde später und später, die vereinbarte Stunde war längst vorüber, da kam Bernhard endlich. Er hatte Sibylle und ihren Verlobten beim Kauf eines Autos beraten müssen und sich deshalb verspätet.

Carola erhob sich ganz steif vom langen Sitzen, taumelte ihm entgegen und küßte ihn mit einer verzweifelten Gier. Sie hatte das lange Warten vergessen, alle bösen Gedanken, war nur froh, ihn bei sich zu haben.

Später erzählte sie ihm von dem Besuche der Familie Wolfsberg. Er tröstete sie, bis sie wieder lachte, und dieser plötzliche Stimmungsumschwung erregte und steigerte so sehr ihre Lust nach Bernhards Umarmung, daß sie ganz gegen ihre sonstige Art ihre Wünsche erraten ließ. Er war glücklich, denn in letzter Zeit hatte er zuweilen einen leichten Widerstand in ihr zu spüren geglaubt. Und so warfen sie sich wie Schwimmer in den weißen Schaum der Kissen.

Im Augenblick des Versinkens durchzuckte sie blitzartig der Gedanke: »Warum ist er so spät gekommen?« und gleich darauf: »Jetzt wird er bald wieder auf die Uhr schauen!« Das war der Anfang einer Reihe von Bildern, die wie Blasen in ihr aufstiegen und sie in eine überwache Ernüchterung stürzten.

So kam es, daß sie, als der Mann sie dankbar und zärtlich umfing, ihn mit verzweifelter Stimme fragte: »Warum liebst du mich nicht?«

Nach den eben durchlebten Augenblicken erschien diese Frage Bernhard so grotesk, daß er zur Antwort nur ein glückliches Lachen hören ließ. Doch Carola gab nicht nach: »Du lachst, und doch liebst du mich nicht, denn du gehörst nicht mir!«

Er verwahrte sich ernstlich, er gehöre doch nur ihr, ganz und gar. Nur noch eine kurze Wartezeit, dann würden sie für immer vereint sein und ihr Glück ohne Scheu genießen können.

Dabei wandte er sich schon zur Seite, um einen schnellen Blick auf die Uhr zu werfen. Carola ballte die Hände und empfand Lust, ihn ins Gesicht zu schlagen. Doch sie bezwang sich und bat leise: »Bleib' heute länger hier, bleib' bei mir bis zum Morgen!«

Er nahm die Bitte nicht ernst und berief sich wieder auf das Sibylle gegebene Versprechen. Die wenigen Wochen, die man noch diese Rücksicht nehmen müsse, würden rasch vergehen.

»Die Zeit ist unser bester Bundesgenosse gewesen. Warten können, darin liegt auch das Geheimnis meiner geschäftlichen Erfolge!«

»Ja«, meinte Carola, »beim Geschäft mag das stimmen, beim Börsenspiel allenfalls auch, ich aber bin kein Aktienpaket, sondern ein Mensch!«

Es könne sich doch nur um Tage handeln, entgegnete Bernhard, darauf würde es doch wirklich nicht mehr ankommen. Carola flüsterte gedankenverloren: »Vielleicht sind es gerade die letzten Tage, auf die es ankommt!«

Bernhard suchte abzulenken: er müsse nun gehen, man erwarte ihn noch nachts zu einer geschäftlichen Besprechung. Sie sah ihn ernst und lange an und sagte dann: »Wir sind sehr verschieden.«

»Eben deshalb liebe ich dich, lieben wir uns und haben einander so nötig. Du kommst mir vor wie einer, der mit Zähnen und Nägeln ein verschlossenes Scheunentor öffnen will. Meine Vorfahren waren gelehrte Leute: mich haben sie Geduld gelehrt. Ich sehe mir so ein Tor von allen Seiten an, dann setze ich mich davor und warte. Auch das stärkste Holz hält der Zeit nicht stand, und schließlich kann ich gemächlich eintreten.«

»Nein«, schrie Carola, »ich würde einen Balken nehmen und es einschlagen!«

»Und dabei alles zertrümmern?«

»Möglich, aber ich wäre dann in der Scheune drinnen.«

Darauf wußte Bernhard keine Antwort. Auch war es spät geworden, Carola selbst trieb ihn diesmal zur Eile.

Als er fort war, kehrte sie nach dem Schlafzimmer zurück. Ihre Verbitterung saß ihr wie ein böses Gift im Blut; sie hatte ihre Liebe besiegt.

Es duldete sie nicht mehr in den vier Wänden; sie zog einen leichten Mantel an, setzte einen dunklen Hut auf, ganz mechanisch und ohne jede Überlegung, und verließ das Hotel.

Auf der Straße war es warm, eine laue Septembernacht.

Bald hatte sie die Friedrichstraße erreicht. Es ging gegen zehn Uhr, geputzte Frauen warfen herausfordernde Blicke um sich, Lebemänner aus der Provinz hielten ihren Nachtbummel, vereinzelt sah man Leute heimwärts eilen, die ihr Beruf bis zu dieser späten Stunde festgehalten hatte. Gleichmäßigen Schrittes trottete sie der Verlängerung Chausseestraße zu, ohne zu wissen, wohin sie wollte, blieb an Auslagen stehen, ohne zu wissen was sie sah.

In der Nähe der Schumannstraße kam sie an einer dunklen Seitenstraße vorüber, die sie nach dem Lärm und Licht durch ihre beruhigende Stille anlockte. Als sie unvermittelt vor einer kleinen übelaussehenden Kneipe stand, fiel ihr plötzlich ein, daß ihr großes Unbehagen von einem quälenden Durst herrührte. Sie entschloß sich, einzutreten und erblickte einen Haufen junger Burschen, die mit weibischen Gesten auf einen Dicken einredeten, der sich als Wirt entpuppte und auf sie zutrat. Sie bestellte Bier, Schnaps und Zigaretten. Nachdem sie Bier und Schnaps hinuntergestürzt hatte, erneuerte sie die Bestellung.

Einer der Burschen kam heran und bat um eine Zigarette. Sie gab und bemerkte nicht sein Zögern. Sie dachte gar nicht daran, daß ihr Erscheinen hier Neugier erregen könnte.

Diese Kneipe wurde öfters von älteren Frauen besucht, die sich hier junge Burschen für eine Nacht kauften. Die machten untereinander aus, wer von ihnen sich anbieten sollte, und teilten untereinander den Lohn. Der Blonde, der die Zigarette verlangt hatte, war für das Geschäft ausersehen.

Carola hatte nicht einmal aufgeschaut. Man mißverstand ihre Haltung und sandte statt des Blonden einen Braunen, doch sie warf ihm nur die Zigaretten hin, trank einen dritten Schnaps, zahlte und ging.

Hoppla, nun war alles leichter, viel verschwommener. Nun mußte man nur darauflosgehen, um etwas zu finden, gleichgültig was. Die Straßen wurden langsam leerer und finsterer. Planlos rannte sie geradeaus weiter.

Sie geriet in ein Caféhaus, wo Mädchen zotige Lieder sangen, die die spärlichen Gäste mit steinernen Mienen quittierten. »Einen Kaffee, einen Schnaps!« – Weiter! –

Plötzlich stand sie vor einem Plakat: »Hungerkünstlerin Gloria.« Sie löste eine Karte und trat ein. In einem Glaskäfig lag ein weibliches Wesen mit rotgeschminkten Lippen und eingefallenen Augen. Die sorgfältig ondulierten Haare über das Kissen gebreitet, die schwammigen Hände spreizten sorgsam den kleinen Finger weg, was in diesen Kreisen hier offenbar als besonders vornehm gilt.

Alles drehte sich um Carola. Die stickige, säuerliche Luft, der genossene Schnaps, die lebende Leiche – sie stürzte hinaus, erwischte ein Auto, stieg rasch ein und hatte es in ihrer Angst so eilig, sich in Sicherheit zu bringen, daß sie die Türe zuschlug, ehe sie noch den rechten Fuß in den Wagen nachgezogen hatte. Der Schmerz weckte sie aus ihrer Dumpfheit, und sie durchlebte angstvolle Minuten, jemand könnte kommen und sie in diesen Sumpf zurückziehen, an dem sie eben vorbeigegangen war. Endlich fand sie sich im Bett, der Duft von Bernhards Haar haftete noch an den Kissen; im Nu war sie eingeschlafen.

Am Morgen erwachte sie, schwach wie nach einer Krankheit. Sie mußte sogleich auf die Probe. So krampfhaft sie ihr Gedächtnis durchwühlte, sie konnte keinen Brocken des Textes aufspüren, selbst der Inhalt des Stückes war aus ihrer Erinnerung gelöscht.

Als sie ins Theater kam, hatte die Probe bereits begonnen. Der Träger der Hauptrolle, Benno Kerner, ein junger, kraftvoller Mensch, haschte seine Sätze wie mit einer Fliegenklappe und schlug sie tot. Er lärmte, raste, tobte und versprühte voll Ekstase sein Temperament. Er hatte einen Mann darzustellen, der seine kleine, zarte Frau aus Eifersucht erwürgt, ein moderner Othello.

Carola war die Rolle der Pflegemutter seines Opfers zugefallen, die den Tobenden heimlich liebt, aber aus Scham über ihre Leidenschaft sie bezwingt und ihn nach dem Mord dadurch zu retten sucht, daß sie alle Schuld auf sich nimmt. Das Stück war gar nicht so übel, der junge begabte Autor hatte die äußere Handlung der Publikumswirkung wegen zurechtgezimmert, in Wahrheit kam es ihm auf ganz andere künstlerische Probleme an.

Helene Ziegler, die junge Frau, schien im Leben genau so zart, hilflos und mitleiderregend zu sein wie in ihrer Rolle, und alle, die ihr begegneten, wetteiferten darin, ihr jeden Stein aus dem Wege zu räumen. Erschien sie auf der Probe, so lächelte ihr alles zu und war entzückt, ihre kleine schmale Hand drücken zu dürfen.

Carola beobachtete sie unausgesetzt. Sie dachte: die ist »das Reh«! – Lehnt ihr Köpfchen an die Männerbrust, schlägt die Augen auf, zittert und fleht: »Ach, du Starker, schütze mich!« Und der Mann, geschmeichelt durch den Anruf, gefällt sich als Beschützer und Gönner. Fortgeweht ist jede Kameradschaft mit der Frau, die kämpft und leidet, den Mann nicht belasten will, mit dem sie durchs Leben geht. Der Ruf: »Du Starker!« macht aus jedem Krüppel einen Scheik der Wüste, und je mehr sich das Würmchen krümmt, um so größer kommt sich Halbgott Mann vor. Den Tränen eines Rehweibchens zu widerstehen, gelingt weder dem Publikum noch dem Einzelnen; »Rehe« verkörpern all das, was der Verstand auszurotten befiehlt und was das Herz erfreut: Gartenlaube, Kitschroman, Bilder von Grützner und Gabriel Max, Alabastermädchen mit Tauben auf der Schulter, vertriebene Kaiserkinder und rührselige Stücke wie »Der Müller und sein Kind«.

Die Tränen des einsamen Menschen rühren nicht und wirken sogar zuweilen belustigend, weil sie nicht verstanden werden. Die Menge lacht so lange darüber, bis sie der Trauer bewußt wird, dann aber ist sie erst recht verstimmt und verärgert.

Als Carola die Bühne betrat, hatte sie ihre Rolle mit einem Schlage klar vor Augen. Sie sprang gleichsam mit beiden Füßen hinein, es war ihr, als würde sie aus ihrem Körper hinausgetrieben, und sie sprach sich selbst zu: ich will mich zeigen, wie ich bin, will alle Hüllen von mir werfen, mich selbst auslöschen und nur das Licht meines Menschentums leuchten lassen. Ich vernichte mich, um zu sein. Nur im Nichts kann ich mich wiederfinden. Wenn ich alles abwerfe, was mich beirren kann: Hoffnung auf Erfolg, Eitelkeit, Machtsucht, Wunsch nach Glück –, wenn ich das alles abstreife, dann wird meine Seele den Weg zum Ziel finden – zur Erlösung.

Die Aufregungen der vergangenen Tage, die gespenstige Nacht, die körperliche und seelische Ermüdung hatten sie völlig wachgerüttelt, alle feinen und feinsten Nervenfäden freigelegt. Jedes Wort ihrer Rolle empfand sie unmittelbar und ursprünglich, jeder Satz wurde ihr zum Erlebnis. Sie steigerte sich zu einem Höchstmaß von Einfachheit, fand sich noch immer zu laut und zu aufdringlich, und ihre Rede wurde so leise, daß der Regisseur ungeduldig ausrief: »Frau Peters, ich glaube, Sie schlafen ein.«

»Nein, ich wache auf«, flüsterte sie, ließ sich nicht beirren und hatte plötzlich in der großen Szene – sie will den Mörder ihrer Pflegetochter dahinbringen, zu schweigen und ihr Opfer anzunehmen – die Schlichtheit und Wahrheit gefunden, die sie suchte. Sie sah den tobenden Friedrich Karl vor sich, dem sie wie einem Kinde zuredete, erschauernd vor seiner kreischenden Stimme, gepackt von Mitleid.

Die großen Worte, die der junge Autor weit hergeholt hatte, um die dramatische Wucht des Auftritts zu steigern, wurden in ihrem Munde zu nichtigen Alltäglichkeiten und bekamen so neuen Glanz, Leuchtkraft und Wahrhaftigkeit. Eine tiefe Wandlung hatte sich in Carola vollzogen. Ein Verstehen war über sie gekommen, als stünde sie jetzt erst am Beginn aller Erkenntnis. Sie hatte die Einfachheit des Ausdrucks gefunden, um die sie seit Jahren vergebens gerungen hatte.

Der im Zuschauerraum anwesende Autor stürzte plötzlich auf die Bühne und schrie ihr entgegen: »Das ist es, das ist es!«

Diese Töne, die keiner Mode, keiner Schule angehörten, ließen alle Theorie von älterer und jüngerer Generation schal erscheinen, sie überzeugten, weil sie von einem ganzen Menschen kamen. Des Dichters Begeisterung wurde nur in geringem Maße geteilt, man vermochte an diesem Auftritt nichts Besonderes zu finden. Doch als dann die Probe zum ersten Akt von neuem begann und Helene Ziegler auf der Bühne stand, mit ihrem süßen Stimmchen und ihrer hauchzarten Gestalt, da flüsterte man so laut, daß es auch die Peters hören mußte, das höchste Lob und Entzücken.

Als die Probe zu Ende war, fand Carola auf dem Heimweg unvermittelt den jungen Autor an ihrer Seite. Sie war von seiner Begleitung nicht sehr entzückt, denn sie war müde und bedurfte der Ruhe. Sein Lob hatte sie nicht besonders berührt und das Getuschel der anderen war kaum in ihr Bewußtsein gedrungen. Nach ihrem Kampf fühlte sie sich erschöpft, erleichtert und fast zufrieden. Worüber sollte sie mit dem jungen Menschen reden? Über das Stück? Über ihre Auffassung? Das war alles viel zu anstrengend.

Und da fragte er auch noch, ob sie nicht mit ihm speisen wolle. Sie sah sich veranlaßt, »sehr gern« zu sagen und wünschte ihn dabei zu allen Teufeln. Jetzt unter fremde Leute in ein Restaurant zu gehen, war ihr unmöglich, also lud sie ihn zu sich ins Hotel ein. Sie ließ das Essen auf ihr Zimmer bringen; während sie sich im Badezimmer die Hände wusch, konnte sie durch den Spiegel bemerken, wie er sich im Wohnzimmer neugierig umsah; ihre Einladung ärgerte sie.

Bis das Essen aufgetragen wurde, schwiegen beide und rauchten Zigaretten. Carola versank in Gedanken, schreckte auf, als der Kellner erschien, verfiel dann wieder in ihre Geistesabwesenheit, und vergaß zu essen.

Der Autor brach das Schweigen: »Wie haben Sie es denn gefunden?« und auf Carolas völlig verständnislosen Blick: »Ich meine: das Einfache und Natürliche in Ihrem Spiel!«

Interessiert sah sie ihn an: »Dadurch, daß ich ganz klein geworden bin. Ich könnte auch sagen: dadurch, daß ich viel gelitten habe, aber das Wort ist nicht ganz treffend. Leiden sind nur ein Anfang und müssen nicht immer zu diesem Ziele führen; der Weg dorthin ist lang und ungewiß.«

Er schwieg, starrte sie verblüfft an; dann stieß er hervor: »Warum wohnen Sie in diesem Hotel? Das paßt gar nicht zu Ihnen, Sie gehören ganz wo anders hin!«

»Nein«, sagte Carola, »nicht dorthin, wohin Sie meinen. Ich gehöre nicht zu den Kämpfern, denen Sie mich zugesellen wollen.«

Und dann auf sein Nicken: »Ich bin ein großer Egoist, führe meinen Kampf nur für mich allein und will nur mich selbst befreien. Täuschen Sie sich nicht: ich kenne kein Mitleid mit anderen, weil ich auch kein Mitleid mit mir habe. Möglich, daß ich auch für andere kämpfen kann, wenn ich über mich gesiegt haben werde, aber früher nicht!«

Er ließ es nicht gelten, widersprach: »Gerade Menschen wie Sie dürfen sich uns nicht entziehen. Sie würden in kommunistischen Kreisen den Halt finden, den Sie brauchen!«

Aber Carola wehrte ab. Sie könne den Kommunismus nur in seiner strengsten, idealsten Form gutheißen. Danach zu leben fehle ihr aber der Mut. Das Beispiel, das Franz von Assisi gegeben, sei herrlich, aber dieser Erhabenheit sei sie nicht gewachsen.

Er wandte ein, daß sie den Kommunismus ganz falsch verstünde, er hätte doch andere Ziele. Aber man hatte sich schon so oft bemüht, Carola das alles auseinanderzusetzen, auf seinen Einwurf, man dürfe eine politische Partei nicht mit Gefühlen belasten, die nichts mit ihr zu tun haben, kam sofort ihre Antwort: sie sei eben eine Frau und verstünde nichts von Politik.

Er wollte ihr beweisen, daß ihr ganzes Wesen, ihre Einstellung zur Welt, die sie in der Rolle seines Stückes zeigte, von kommunistischem Geiste erfüllt wäre; und daß ihr nur der Mut fehlte, es zu bekennen.

»Ach«, sagte Carola, »Sie sehen nicht richtig. Ich tauge nicht zur Kommunistin. Eine ewige Revolutionärin bin und bleibe ich, auch jeder Partei und Revolution gegenüber. Ich kämpfe gegen die Moral von Gut und Böse, ich verabscheue die Wege der Konvention, ich wehre mich gegen mein eigenes Ich, das im Althergebrachten wurzelt und gleichwohl rettungslos dem Tier in mir verfallen ist. Es gibt Augenblicke, in denen ich mich am liebsten austilgen möchte, um mich von mir selbst zu befreien.«

Auf seinen Einwurf: »Denken Sie denn gar nicht an die anderen, immer nur an sich selbst?« rief sie aus: »Ja, nur an mich, an mich allein, denn wie soll ich in meiner Verworrenheit noch andern helfen, die ich mir selbst nicht zu helfen weiß?!«

Der junge Autor starrte sie entsetzt an: »Und alle Elenden und Hungernden, die belasten Sie auch nicht?«

»Nein, tausendmal nein. Was ist Hunger, was ist Armut? Sie meinen wohl, man habe leicht so reden, wenn man vornehm wohnt und sich die besten Speisen leisten kann. Aber was soll mir dieses Zimmer, wenn ich vor Sehnsucht nach Wunschlosigkeit zugrunde gehe?!«

Er wollte sie unterbrechen, doch sie wehrte ab: »Sie sind noch jung und haben viele Wünsche. Eines Tages werden auch Sie erkennen, daß Wunschlosigkeit das Wünschenswerteste ist.«

Sie sank in sich zusammen, wie erloschen. Der Dichter stand stumm auf, verabschiedete sich förmlich und ging betreten. Auf der Straße angelangt, kam ihm der Gedanke: »Diese Frau kann man nur maßlos hassen oder besinnungslos lieben!«

»Man soll die Worte sprechen, als seien die Himmel geöffnet in ihnen und als wäre es nicht so, daß Du das Wort in Deinen Mund nimmst, sondern als gingest Du in das Wort ein.«

Kawwana

Die folgenden Tage, an denen Bernhard regelmäßig in den Nachmittagsstunden erschien, gingen ruhig vorüber. Die Hochzeit Sibyllens rückte näher, Bernhard entwickelte immer wieder die Pläne ihrer Zukunft, während Carola seinen Worten in lächelndem Schweigen lauschte.

Kurz vor der Erstaufführung machte sie noch einen letzten Versuch: sie bat Bernhard, zur Generalprobe oder zur Premiere zu kommen. Er lehnte ab, weil er Sibylle nicht kurz vor der Trennung verstimmen wollte, und ersuchte Carola, von ihrem Wunsch abzulassen.

Ihre stille Müdigkeit und ihr schlechtes Aussehen schrieb er den Anstrengungen der Rolle zu und nahm sich vor, sie allmählich zur Aufgabe ihres aufreibenden Berufes zu bewegen.

Die Generalprobe rückte heran. Helene Ziegler war über mancherlei Kritik des Autors, wenn sie auch sehr liebenswürdig vorgebracht wurde, sichtlich verstimmt, wozu noch kam, daß seine Begeisterung über die Auffassung der Peters sie schließlich derart verärgerte, daß sie gleich zu Anfang der Probe einen Nervenschock erlitt. Sie mußte in die Garderobe getragen und ihre Rolle von der Souffleuse gelesen werden. Die Kollegen umstanden ratlos die Türe ihrer Garderobe, der Direktor rannte bleich und aufgeregt hin und her, schleppte Kognak und Blumen herbei und fletschte die Zähne gegen den Dichter.

Man konnte keinen Eindruck von dem Stück gewinnen, und die wenigen Zuhörer, die sich eingefunden hatte, waren vollkommen irr geworden. Der junge Autor lief nägelbeißend über die Bühne, war mit der Dekoration unzufrieden, an der man seiner Meinung nach zu sehr gespart hatte. Als Carola ihm in den Weg kam, brüllte er los: »Da sehen Sie den Segen der Wunschlosigkeit und der Armut. Wenn ich Geld hätte, würde ich das

Stück zurückziehen oder doch mehr Proben verlangen, so aber muß ich mit ansehen, wie man mit meiner Arbeit Schindluder treibt.«

Carola versuchte vergeblich, ihn zu trösten. Inzwischen tobte der Direktor in seinem Bureau mit dem Dramaturgen, daß er ihm dieses Stück aufgeschwatzt hätte. »Sie mit Ihrer jungen Generation! Lauter Nichtskönner, alles Quatsch! Und über das Publikum kann man den Verstand verlieren! Klassiker gehen nur noch, wenn man sie auf den Kopf stellt und lebende Elefanten und Giraffen auftreten läßt. Ibsen, Strindberg, alles vorbei, kein Aas geht hinein. Die junge Generation! Wenn ich das Wort nur höre!«

Der Dramaturg, ein junger, strebsamer Mann, der seinen Posten ernst nahm und aus ehrlicher Überzeugung die Aufführung des Stückes durchgesetzt hatte, wagte einzuwerfen, es sei ja noch gar nichts entschieden und durch die Indisposition der Ziegler hätte man überhaupt keinen Eindruck gewinnen können. Damit aber war nur das Stichwort zu einem neuen Wutausbruch des Direktors gefallen, der jetzt gegen den Autor und die Peters loswetterte: »Wie konnte der Idiot es wagen, die Ziegler durch sein dummes Gerede so zu verärgern! Die ist in jeder Rolle bezaubernd, die weiß schon was sie macht. Wenn das Stück geht, dann verdanken wir es nur ihr und nicht dem Dummkopf von Autor, schon gar nicht der Peters. Ja, früher, da zog sie noch, aber jetzt wird einem ganz übel, wenn man ihr zuhört. Fürchterlich, den komischen Ton zu hören, den sie sich zurechtgelegt hat, und zu sehen, wie sie diese Bombenrolle versaut. Glatt an die Wand könnte sie die Ziegler drücken, aber sie steht da, rührt keinen Finger und je mehr sie aus sich herausgehen soll, desto leiser wird sie. Das ist mir einfach noch nicht vorgekommen, daß man eine Rolle so verhunzen kann!«

Der Dramaturg hatte den Mut, anderer Meinung zu sein, vielleicht würde man ihm morgen auch recht geben. Er hielt die Leistung der Peters für erschütternd; sie werde unbedingt einen ganz großen Erfolg haben.

»So? Na, Ihr Wort in Gottes Ohr, da sind Sie ja derselben Meinung wie der Herr Dichter. Ich glaube, daß Sie sich irren, wir werden heilfroh sein müssen, wenn unsere Ziegler uns vor einem grandiosen Durchfall bewahrt.«

Fluchtartig verließ er das Bureau, denn er hörte den Autor kommen und wollte ihm seine Wut nicht vor der Premiere zeigen, um im Falle eines Erfolges – man konnte doch nicht wissen! – sagen zu können, daß er ihn vorausgesehen und immer schon alles gewußt habe.

Carola ging betrübt nach Hause. Der junge Autor tat ihr leid. Was er geschaffen hatte, war gut, und doch wieder nicht gut genug.

»Arme, zerzauste Welt«, sagte sie abends zu Bernhard, »wie sollen die Zuhörer wissen, was sie hören wollen?! Alles ist zu rasch gegangen, jeder ist plötzlich sein eigener Enkel geworden. Man schwärmt für alles, was aus der Vorkriegszeit stammt, lehnt es aber sofort ab, wenn man es zu hören bekommt. Die Jugend verhält sich abwehrend: nichts für uns! Alles Mist! Sie suchen immer nach ›dem Wort‹, ohne zu begreifen, daß ›das Wort‹ für jeden einen anderen Klang hat und eine andere Bedeutung. – Es wird wohl ein Mißerfolg sein…«

Als Carola abends in der Garderobe stand, sah sie sich in demselben Spiegel, aus dem vor beinahe einem Jahr ihr das Bild Judiths entgegengeblickt hatte. Sie konnte sich jenes Tages erinnern, als wäre es gestern gewesen.

Sie trug die Schminke auf, zog ein Kleid über; der kleine Raum wurde ihr zu eng und zu warm; so ging sie auf die dunkle Bühne hinaus.

Der eiserne Vorhang wurde gerade hochgezogen. Es war sonst nicht ihre Art, durch das Guckloch des Vorhanges zu spähen, an das sich immer die vielen geschminkten Larven preßten; aber heute kam sie die Lust an, das Publikum zu betrachten: die Richter, die hier »gut« oder »schlecht« zu sprechen hatten.

Eine dickliche Frau saß schon in der ersten Reihe, dann einige Provinzler, die als Erste gekommen waren. Da rechts kam ein ganzes Rudel herein, die Herren im Smoking, Damen im Pelz, eine musterte die andere. Ganz hinten ein bekanntes Gesicht aus ihrer früheren Zeit.

Der Strom der Besucher schwoll an: die Kritiker kamen, einer mit seiner Frau, sie sehen mürrisch drein. Vielleicht sind sie müde, vielleicht haben sie sich eben gezankt. Ein schlimmes Zeichen. Wer wäre so unabhängig von sich selbst, um nicht seine böse Laune auf die Vorstellung zu übertragen?!

Carola lächelte ganz leise in sich hinein: »Wenn sie wüßten, daß mich das alles nicht mehr erreicht, nicht ihr Lob und nicht ihr Tadel!«

Immer noch Menschen, Kopf an Kopf. Unzählige Augen, die nach dem Vorhang starrten, hinter dem Carola stand: allein, verlassen, eine gegen so viele. Von einem panischen Schrecken erfaßt, drehte sie sich um und sah, daß schon alles zum Anfang bereit war.

Verwirrt erwiderte sie den Gruß des Direktors, der daumendrückend die Mitglieder ermutigte. Man war nervös, das Stück schien gefährdet.

Carola hatte noch Zeit; sie ging rasch in ihre Garderobe und begegnete dem Autor, der ihr wie verrückt die Hände küßte und sie beschwor, ihn nicht zu verlassen: »Sie allein entscheiden über das Schicksal meines Stückes!«

Carola wehrte ab: »Wie sehr Sie sich irren!«

Ein riesiger Blumenkorb wurde an ihr vorbei in die Garderobe der Ziegler getragen, vor deren Tür der Regisseur fast auf den Knien lag, sie flehentlich beschwor, sich zu beeilen.

Carola saß vor dem Spiegel, starrte ganz verloren ihr Gesicht an, sah hinter sich den menschenerfüllten Zuschauerraum, Kopf an Kopf. Plötzlich ertappte sie sich dabei, wie sie ihr Kleid auszog; sie zog sich ebenso mechanisch wieder an und bekam gleich darauf ihr Klingelzeichen. Der Inspizient flüsterte ihr auf der Bühne zu: »Es geht gut, bei der Ziegler sind sie ausgezeichnet mitgegangen.«

Ihr Stichwort fiel, sie trat hinaus, stand dem Publikum gegenüber. Die tausend hellen und dunklen Flecke verschwammen zu einem farblosen Ganzen, aus dem ihr Eiseskälte entgegenströmte. Doch diese Kälte traf nur ihre Kleider und drang nicht bis zu ihrem Innern vor. Die Erkenntnis ihrer Stärke ließ sie ganz ruhig werden; als spräche sie mit sich selbst, begann sie ihren Auftritt. Kein Laut traf ihr Ohr, und durch diese Aufmerksamkeit in ihrem Empfinden gesteigert spielte sie ihre Rolle: eine Mutter, die den Mann ihrer Tochter liebt, ihn umwirbt und sich dafür verachtet.

Plötzlich mitten in einem Satz war sie über die Brücke fremder Worte zur Erkenntnis der Quelle ihrer Wirren gelangt, und während ihr Mund – wie so oft auf der Bühne – mechanisch den Text wiedergab, gingen die Gedanken ihren eigenen Weg.

»Ich wünschte immer den Mut zu haben, mich ganz hingeben zu können an euch, die ihr mir zuhört. Ich wollte meine Brust öffnen und euch meine schmerzliche, bittere Wirrnis zeigen und erhoffte für mich durch euer Verstehen Hilfe zu finden. Jetzt seit diesem Augenblick weiß ich, daß es kein Verstehen gibt und daß ich in meinen Kämpfen zwischen Verstand und meinen Trieben allein bleiben muß. Ich bin zu tief von diesen Kämpfen getroffen, als daß ich daraus ein ergötzliches Schauspiel für euch machen könnte und finde noch nicht die Kraft zur Größe und Entsagung, die notwendig wäre, um euch aufzurütteln.«

Da war die Szene zu Ende und sie setzte sich, den Aktschluß abwartend, abseits in einen großen Lehnstuhl, während die anderen Darsteller weiter sprachen. Starr sah sie in das Publikum, in diese lebende Wand, von der hier und da das Glitzern eines Fernglases zu ihr sprang. Ihr Mund schwieg, doch die Gedanken wanderten weiter.

Es spricht der Kopf: »Bescheide dich, nimm was du an Glück erraffen kannst, lasse dich von mir beraten!« – »Nein, nein« antwortet der Körper.

Es spricht der Kopf: »So viele Jahre hast du Friedrich Karls Wünsche und Launen ertragen, hast dich gefügt, und jetzt für Bernhard willst du keine Geduld haben?« – »Alles oder nichts« antwortet der Körper.

Es spricht der Kopf: »Dann wirst du alles verlieren.« – »Muß, muß« antwortet der Körper.

Da hörte sie erschrocken, wie ihrer Kehle ein leiser Schrei entfloh, fühlte Ströme von Tränen ihr Gesicht benetzen – der Akt war zu Ende –, der Vorhang fiel.

Der Beifall war gut, man schöpfte Hoffnung.

Im zweiten Akt hatte sie nichts zu tun und ging in ihre Garderobe, wo sie einen Zettel von Bernhard fand: »Bin bei dir.«

Sie zog sich langsam um und blieb in ihrem Dämmerzustand bis zur großen Pause. Der Direktor und der Regisseur kamen zu ihr; sie erzählten, es wäre ganz gut gegangen, die Ziegler hätte einen Sonderapplaus bekommen. Kerner sei zu laut und zu aufdringlich.

»Und nun, liebe, verehrte Frau Peters, lassen Sie uns nicht im

Stich«, flötete der Direktor. »Ihr erster Akt war wirklich herrlich, und Sie haben die Leute gepackt. Lassen Sie nicht nach, folgen Sie meinem Rat und spielen Sie die große Szene mit dem Mörder aufgeregter. Sie haben doch im ersten Akt so wunderbar geweint, Sie können es doch, wenn Sie wollen.«

Und wieder stand sie an der Rampe. Heiße Luft schlug von unten zu ihr herauf und trieb ihr Schweißtropfen auf die Stirn.

Kerner winselte und fauchte – dazwischen wirklich ein Ton wie von einem kranken Tier, das nicht ein noch aus weiß. Er hat Talent, dachte Carola. Sie selbst ließ sich von ihren Worten treiben, deren Sinn sie gar nicht begriff.

Der Schluß des Stückes brachte einen sogenannten »Ausbruch«, eine Szene, in der die Mutter die Tat des Mörders auf sich nimmt. Es gab Gelegenheit, Temperament, Wärme und Leidenschaft zu zeigen, und Carola hatte auf den Proben die Erwartungen leidlich erfüllt. – Jetzt sprach sie mit leiser zitternder Stimme, fast eintönig und zaghaft, aus Furcht, an einen Schmerz zu rühren, der sie töten konnte.

Kerner umfaßte ihre Knie, war wütend. Er konnte neben dieser ledernen Person nicht in Stimmung kommen. Das Publikum wurde unruhig, hustete, schneuzte sich, ein Zeichen, daß es sich langweilte. Der Direktor saß wie ein gefangener Tiger in der Loge und zischte dem Dramaturgen zu: »Da haben Sie die Bescherung: ein Durchfall! Und die Peters ist daran schuld! Die Person ist zu alt und völlig ausgebrannt!«

Er sah den jungen Mann an, der keine Antwort gab und mit fest zusammengebissenen Zähnen dasaß, so daß an den Ohren komische kleine Wülste entstanden. Seine Augen waren weit aufgerissen.

»Gott behüte, ist Ihnen schlecht?« stieß er ihn an.

»Das ist das Traurigste, was ich je erlebt habe«, bekam er zur Antwort. Der Direktor wußte mit diesem Satz zunächst nichts anzufangen, bezog ihn dann auf die schlechte Leistung der Peters; also hatte er doch recht behalten!

Der Vorhang fiel, das Publikum applaudierte unlustig. Carola sah ein Geflatter von Händen. Auf der Galerie ein paar verlorene Rufe nach dem Dichter, Freunde, die ihn trösten wollten. Ein Pfiff, der den Beifall anschwellen ließ, aber er blieb zu schwach, um den Autor hervorzurufen; so fiel der eiserne Vorhang.

Im Foyer sagte ein Kritiker zu seiner Frau: »Wieder ein verlorener Abend! Aber die Ziegler war herrlich! Die Peters im ersten Akt gut, dann gänzlich unmöglich.«

Daneben stand ein ratloser Mann und fragte seine Frau: »Was heulst du denn so?«

Einige junge Mädchen schwärmten von Kerner, darunter eine, ganz grün im Gesicht, die sich schnell abwandte, um nach Hause zu eilen.

Im finsteren Zuschauerraum trat der Schließer auf einen älteren Herrn zu, der immer noch fassungslos erschüttert dasaß, und bat ihn, die Loge zu verlassen.

Das Stück hatte allgemein mißfallen.

Neben Carolas Garderobe ging es lebhaft zu. Die Ziegler war außer sich über den Durchfall des Stückes, konnte sich nur schwer beruhigen. Sie liebe es ganz und gar nicht, in Stücken zu spielen, die Mißerfolg hätten, erklärte sie dem Direktor. Am Ende könnte man sagen: sie zieht nicht mehr. Ein entrüsteter Chor protestierte. Inzwischen kleidete sie sich unbekümmert aus und zeigte sehr freimütig ihren rosigen Körper.

Die Peters täte ihr leid, aber die sei fertig für immer. Manchmal, ja, da packte sie, wie etwa im ersten Akt, aber sonst – aus! »Aus!« sagte der ergebene Chor.

»Aus«, sagte Carola nebenan, ohne das Gespräch gehört zu haben; das Wort gehörte zu einer ganz anderen Gedankenkette.

»Mein Liebling«, umschmeichelte der Direktor die Ziegler, »morgen kommen wir zu Ihnen und besprechen ein neues Stück.«

»Und bis dahin?« fragte der Dramaturg, der nun wieder ein abgebrühter Geschäftsmann geworden war. Er hatte gewiß getan, was er konnte, nun mußte er auch an sich denken und unbarmherzig über den Gefallenen hinweggehen. Den Eindruck des letzten Aktes wurde er ohnedies nicht so bald los. Das hatte seinen Nerven gerade noch gefehlt.

An Carolas Garderobentür klopfte es und der Dichter taumelte herein. Sie dachte: »Armes Kind«, und streichelte sein Haar, als er auf den Stuhl niedersank und seinen Kopf mitten in Puder und Schminke legte.

»Nehmen Sie das Ganze nicht so schwer, Sie werden schon Besseres schaffen und dann wird man Sie verstehen lernen.«

»Nein«, schrie er, »es ist nicht der Durchfall, der mich so verzweifelt macht. Aber es lohnt nicht – es lohnt nicht! Ihr Spiel war so einzig, so herrlich, und keiner hat es gefühlt!«

»Übertreiben Sie nicht«, wehrte Carola ab, »ich habe versucht, mich selbst zu zeigen, und wenn ich nichts zu sagen hatte, oder wenn das, was ich sagte, mißfiel, so hat niemand daran Schuld. Nicht ich, weil ich nicht anders kann, nicht die Anderen, die auch nicht anders konnten. Ihnen habe ich gefallen, das ist ein Zufall; das Publikum war anderer Meinung. Bedauerlich für Sie!«

Er haschte nach ihrer Hand und rief: »Seien Sie doch nicht so abgeklärt und gleichgültig, das macht mich rasend. Kämpfen Sie doch, kämpfen Sie für sich, für mich, für die Sache der Jungen, die Ihnen doch nahegehen muß! Merken Sie auf, schlagen Sie um sich, pfeifen Sie auf das stumpfe Gesindel!«

Wortlos stand Carola neben ihm, ohne ihn anzusehen. Ihre Blicke wanderten in eine Ferne, die er nicht sehen konnte. Da verlor er den Kopf, er faßte sie an den Schultern und schüttelte sie, daß sie schwankte; in seiner Wut und seinem Schmerz zog er sie an sich und küßte sie wie toll. Dann ließ er von ihr ab und flehte: »Nehmen Sie mich mit, ich bin heute so unglücklich! Seien Sie gut zu mir, schenken Sie mir als Ersatz für das, was ich heute verloren habe, eine einzige Nacht! Was ist das für Sie! Für mich bedeutet es vielleicht den Anfang eines neuen Lebens!«

Carola schob ihn von sich, nahm seine Hände und sah ihn an: »Lieber Junge, ich habe nichts zu verschenken, außer Lügen, und dazu bin ich zu müde und Sie mir zu schade. Ein neues Leben erringt man nicht durch ein paar Stunden. Gehen Sie zu ihren Freunden, betrinken Sie sich, wenn Sie das können. Die Enttäuschung ist bald verschmerzt, wenn man noch etwas zu sagen hat. Allerdings, wenn man nichts mehr zu sagen hat –«, sie brach ab, setzte ihren Hut auf und ging fort.

Im Hotel angelangt, setzte sie sich in ihrem leeren Zimmer, wie sie war, in einen Stuhl und saß noch so da, als das Mädchen am Morgen kam, um aufzuräumen.

Dann nahm sie ein Bad, machte sich bereit und ging zur Bank, wo sie ihr kleines Vermögen liegen hatte. Es war stark zusammengeschmolzen; sie hatte nicht gespart, darauf hingelebt und Bernhards Hilfe stets abgewiesen, »damit nicht eines Tages eine unbezahlte Rechnung sie nötigen könnte, freundlich gegen ihn zu sein, wenn sie sich gerade gestritten hätten«. Sie wollte nicht abhängig von ihm sein. Nachdem sie ihre Rechnung gemacht hatte, stellte sie fest, daß ihr noch dreihundert Mark im Monat an Zinsen blieben.

Dann ging sie zu einer ehemaligen Zofe, der sie vertrauen konnte, und beauftragte sie, alle ihre Kleider, ihre Bücher, kurz ihre gesamte Habe zu verkaufen, die sie nach erfolgter Scheidung mit sich genommen hatte.

Auf dem Rückweg ins Hotel kaufte sie sich die Zeitungen. Der Mißerfolg war offenkundig, die Ziegler wurde bedauert, ihr Talent gerühmt, sie, die Peters, bekam viel Tadel und einiges unwillige Lob. Nur eine große Tageszeitung schrieb, sie wäre außerordentlich gewesen, erschütternd und von letzter Wahrhaftigkeit. Das machte ihr Freude, und lächelnd betrat sie ihr Zimmer, wo Bernhard bereits auf sie wartete. Er war froh, sie bei so guter Laune zu sehen, unbelastet von dem Mißerfolg des vergangenen Abends.

Das Stück wurde noch etwa zehn Tage hindurch abgeleiert, und diese ganzen Abende über hatte Carola das Gefühl, mit abgezogener Haut vor den Menschen zu stehen.

Ohne zu klagen, ohne ein Wort darüber zu verlieren, hielt sie ihre Rolle durch; die Stimmen, die ihre Leistung erschütternd fanden, mehrten sich, doch keine kam ihr zu Ohren. Sie war einzig damit beschäftigt, ihre Angelegenheiten zu ordnen, ohne daß Merzbach etwas merkte.

In zwei Tagen sollte Sibyllens Hochzeit sein. Nach der letzten Vorstellung, als er kam, kauerte sie sich wie gewohnt zu ihm, schob ihre linke Schulter unter seine rechte Achsel, preßte ihre Nase an seinen Hals und sagte:

»Bernhard, Geliebter, ich liebe dich so sehr, daß ich mich von dir trenne.«

Er maß ihren Worten keine Bedeutung bei, streichelte ihr Haar und schwieg.

Sie sprach weiter: »Ich liebe dich viel zu sehr, um dich je belügen zu können, und ich müßte dich belügen.«

Bernhard richtete sich auf und sah ihr ins Gesicht. Eine armselige Marionette hockte vor ihm. Wo war Carola, war das nicht eine tote Puppe in ihrem Kleid? Ein wahnsinniger Schreck durchfuhr ihn. Er griff nach dem Bündel Seide – Gottlob, sie war da! –, er betastete ihre Arme und Beine, ihren Kopf: sie lebte!

Sie lächelte und fragte: »Dachtest du, ich sei schon weg?«

Er stammelte ihr Liebesworte in den Mund. Sie klammerte sich an ihn und schrie: »Warum muß ich fort von dir?«

Er hielt sie für überreizt durch den Mißerfolg, zählte ihr die wenigen Stunden vor, die sie noch zu warten hätten, und versprach Urlaub zu nehmen und mit ihr zu verreisen.

Sie sah sich allein mit ihm auf der Bahn, im Hotel, im Bett, und sah sich, wie sie sich immer wieder belauern würde, eine elende Sklavin der Launen ihres Körpers; sie ahnte die Qual, die ihrer harrte, die Lüge, die von neuem in dieser neuen Ehe beginnen würde, und wußte: ein zweites Mal könnte sie das alles nicht ertragen!

Sie nahm sein Gesicht zwischen ihre Hände, strich ihm über die Wangen und flüsterte: »Ich danke dir, ich danke dir!«

Mehr war aus ihr an diesem Nachmittag nicht herauszubringen. »Ich danke dir!«

Als Bernhard am nächsten Tag ins Hotel kam, hielt ihm der Portier einen Brief entgegen: Frau Carola Peters sei verreist und habe keine Adresse hinterlassen.

Verblüfft nahm er den Brief entgegen. Als er ihn öffnete, fiel ein Zettel mit Carolas Handschrift heraus, darauf stand:

»›Mutter, Mutter! Es hungert mich,
Gib mir Brot, sonst stirb ich!‹

›Warte nur, mein liebes Kind!
Morgen wollen wir säen!‹

Als es nun gesäet war,
Sprach das Kind noch immerdar:
›Mutter, Mutter! Es hungert mich,
Gib mir Brot, sonst stirb ich!‹

›Warte nur, mein liebes Kind!
Morgen wollen wir schneiden!‹

Als es nun geschnitten war,
Sprach das Kind noch immerdar:
›Mutter, Mutter! Es hungert mich,
Gib mir Brot, sonst stirb ich!‹

›Warte nur, mein liebes Kind!
Morgen wollen wir dreschen!‹

Als es nun gedroschen war,
Sprach das Kind noch immerdar:
›Mutter, Mutter! Es hungert mich,
Gib mir Brot, sonst stirb ich!‹

›Warte nur, mein liebes Kind!
Morgen wollen wir mahlen!‹

Als es nun gemahlen war,
Sprach das Kind noch immerdar:
›Mutter, Mutter! Es hungert mich,
Gib mir Brot, sonst stirb ich!‹

›Warte nur, mein liebes Kind!
Morgen wollen wir backen!‹

Als es nun gebacken war,
Lag das Kind auf der Totenbahr.«

Und so schritt Carola, ganz wach, einem neuen Leben entgegen, ins Ungewisse – das nichts Ungewisses mehr für sie barg.

Eine Tür fiel ins Schloß.

Else Lasker-Schüler
## Tilla Durieux

Ich würde für sie auch im Privatleben das Eboligewand wählen, den zackigen, weißen Kragen, der ihr Angesicht, ein Bukett von Lichtwende und Herzschatten, wie mit einer Atlasmanschette umgibt. Frau Durieux spielt im Theater Reinhardts die Eboli; die schlummernde Saitenspielerin ist auferstanden aus ihrem Sarkophage. Es tut wohl, sie in »prinzeßlicher« Wirklichkeit wiederzusehen, in ihrem eifersüchtigen Herzen zu erleben den Kampf mit der Kabale. Den schnöden Verrat an die Königin verabreicht sie dem lauernden Pater noch mit traumhaften Fingerspitzen. Keineswegs hysterisch gehässig – historisch wie ihr Kleid wirkt das intrigante Frauenspiel in der Kapelle steinerner Nacht, an der blutgenagelt Gottes Sohn hängt. Frau Durieux' verzweifelte Gebärde, nachdem ihre Königin sie verstößt, erinnert an das Gemälde der büßenden Magdalene. – Als ich sie vor einiger Zeit in ihrem Gemach erwartete, suchte ich unwillkürlich nach der Laute. Da kam mir entgegen Rhodope, ihre Hände hingen herab wie Myrten. Diese himmelweiße Syrierin ist der Glorienschein ihrer Eingebung, das keusche Geschmeide ihrer Begabung. Beweglich ist die Verwandlungskunst der Frau Durieux, denn wer vermutet, nach der bräutlichen, geduldigen Königin und der verwöhnten Lautenspielerin, »Sie« in der bitteren Haut der eigensinnigen Spielverderberin, der ältlichen Schwester der Brüder im »Friedensfest«. Krummrückig zum Fußaufstampfen, hartnäckig widersetzend, den Angehörigen eine giftige Augenweide.

In »Gott der Rache« von Schalom Asch spielte Frau Durieux die junge Kupplerin des Bordells. Ich sehe sie noch keck in der Mitte des Sofas sich hinflegeln mit der Frechheit einer freigewordenen Sklavin, mit dem Machtbewußtsein, vernichten zu können je nach Berechnung. Das scheußliche Verbrechen ihres früheren Bordellchefs zappelt auf ihrem Knie, sie läßt es kichernd über ihrem Strumpfband hängen, sie braucht nur den lockeren Vorhang aufzuheben. Tilla Durieux spielte skandalös hervorragend. Hier nenne ich die Schauspielerin, die Charakteristik ihres

Zivils vergessend, kurzweg »Tilla« Durieux; aber wer sie in ihrem Privatgemach je sah, umgeben vom Staat schützender Tore und mächtiger Bequemlichkeiten, sie selbst zum Empfang der Gäste sich liebenswürdig ermannend, wird mit mir empfinden, daß sie keineswegs eine Bohemin ist, zu treu dem Einen außerdem, auch daß ihr die seelische Leichtigkeit der Umgebenheit fehlt, und ich nenne sie »Frau« Durieux nicht etwa, wie man die Spießerin zu nennen pflegt, aber weil sie die Hofdame der Schauspielerinnen ist; jeder Tag muß ihr »d'or-jour« sein. – Auf dem Sezessionsfest im Februar teilte sich die Menge in zwei Flittergitter, als sie den Saal betrat. Sie trug ein dunkles Spitzenkleid und eine hängende Nelke im Haarknoten. Ich fragte den Rektor in »Frühlingserwachen« an unserm Tisch, wer die schwarze Leopardin mit dem Blutstropfen am Nacken sei. Prangende Schlichtheit, geschmeidiger Charme, in ihrem Herzen blühen feine Nerven schmerzvoll auf. Aber als es Mitternacht war, tanzte sie, auf einer Perle des Sekts rollend, mit leuchtenden Augen im bunten Spiele der Masken. Dieses Jahr gibt es wieder ein Fest; ich hoffe, daß Frau Durieux auf Erden weilt, sie hält sich nämlich ab und zu mit Vorliebe oben in den Wolken verborgen, in ihrem Luftballon, und was wird sich Prinz Karneval ärgern, wenn sie ihm nur eine lange Nase machen wird. – Die Maschen des Netzes, das den Ballon umhüllt, lockerten sich schon einmal. »Ein Punkt in der Ewigkeit« kommt man sich im Raume vor, erzählt Frau Durieux. Sie ist ohne Furcht und Zaudern. Zwischen Leere und Leere, Vogel sein, nur Atem, so folge ich in Gedanken den Schilderungen der Luftschifferin in die Lüfte. Da nimmt ihr Terrierhund einen Anlauf aus salonansalongereihter Ferne, springt mir auf die Schulter, ich falle vor Schreck aus allen Himmeln.

# Nachwort

Tilla Durieux (1880–1971) schrieb, achtundvierzigjährig, ihren ersten und einzigen Roman ›Eine Tür fällt ins Schloß‹. Er erschien 1928 im Verlag ›Die Horen‹ und erlebte noch im Erscheinungsjahr eine zweite Auflage. Danach wurde er nie wieder aufgelegt. Eine Erklärung dafür ist sicherlich, daß Tilla Durieux ein erneutes Erscheinen nicht wünschte. Verständlich wird diese Entscheidung, wenn wir uns ansehen, was sie in ihrer Autobiographie (1954 zum ersten Mal unter dem Titel ›Eine Tür steht offen‹ (!) erschienen) äußerst knapp über ihren Roman schreibt:

»... und um mich zu zerstreuen, schrieb ich einen Roman. Obwohl die Personen darin reine Erfindungen waren und nicht existierten, hielt man es hartnäckig für meine Lebensgeschichte. Nun kann ich ja nicht leugnen, daß ich, was die Empfindungen der Hauptfigur, einer Schauspielerin, betraf, viel aus meinen Erfahrungen schöpfte, aber alle anderen Begebnisse sind freie Phantasie. Auch hier ging ein wahrer Hagel von Schmähungen über mich nieder. Die Arbeit an der Piscator-Bühne brachte mich mit Bert Brecht, Leo Lania, Egon Erwin Kisch und Ilja Ehrenburg in Verbindung, und alle hatten wir unter den Angriffen der Presse zu leiden.«

Aus ihren privaten Tagebüchern geht hervor, daß sie noch ein Jahr nach Erscheinen des Romans bedauert, ihn überhaupt geschrieben zu haben. »Wenn ich einen Berater gehabt hätte, hätte ich das Buch nicht geschrieben.« (19.8.1928) Es war in der Tat so, daß die Presse und bestimmte gesellschaftliche Kreise sich begierig auf den Roman stürzten. Tilla Durieux war schließlich eine bekannte Schauspielerin, der dramatische Selbstmord ihres Mannes Paul Cassirer, Anfang 1926, noch nicht vergessen.

In der vierzigjährigen Romanfigur Carola Peters sah man sofort Tilla Durieux selbst, und auch hinter anderen Personen glaubte man rasch, die »Modelle« erkannt zu haben. Peter Hamecher schrieb in der ›Deutschen Allgemeinen Zeitung‹ vom 13.9.1928 in seiner Rezension: »In den berühmten weiten Kreisen, die am Theater einen mehr persönlichen als künstlerischen Anteil nehmen, verspricht man sich eine Sensation von dem

Werk; denn man erwartet Enthüllungen.« Aber nicht alle sahen in dem Roman nur die pikanten Enthüllungen einer bekannten Schauspielerin. Es gab auch Rezensenten, die sich ganz bewußt von allem Klatsch distanzierten und versuchten, das Buch möglichst unbeeinflußt davon zu besprechen. Zu diesen Rezensenten gehörte Arthur Eloesser, der sich in der ›Vossischen Zeitung‹ am 13.9.1928 sehr objektiv und kritisch ausschließlich mit dem Roman auseinandersetzte, nicht mit den mutmaßlichen Hintergründen. »Tilla Durieux debütiert mit einem Roman: ›Eine Tür fällt ins Schloß‹. Ein energischer, ein abweisender, abschließender Titel, der wohl notwendig war; haben mir doch Leute, die mehr als ich wissen oder wissen wollen, schon diskret zugezwinkert, daß sie auch für die ins Schloß gefallene Tür noch einen Schlüssel, einen mit Geheimbuchstaben liefern könnten. Ich habe gedankt; es kommt nicht darauf an, ob Figuren, die in einem Roman auftreten, irgendwo und irgendwann gelebt haben. Es kommt darauf an, ob sie durch den Roman lebendig geworden sind. ... Was sie (die Verfasserin) über die Beziehungen eines Fünfzigjährigen und einer Vierzigjährigen notiert, zweier reifer, erfolgreicher, vom Leben zerriebener und wieder geformter Menschen, das ist richtig, das hält die Kritik von Erfahrenen und Erprobten aus. Es ist schön, mit Romeo und Julia zu lieben und zu sterben: aber Antonius und Cleopatra sind interessanter.«

Nach über 60 Jahren liegt der Roman nun wieder vor. Heute ist ein unverstellter Blick auf ihn möglich, auch wenn der Name der Autorin und die Lektüre ihrer Erinnerungen hier und da noch zu Spekulationen reizen mögen. Was ihn heute lesenswert macht, ist der überraschend unmittelbare, unmanierierte Stil, die Spannung seiner Handlung, die sehr offene, klarsichtige, analytische Schilderung einer Frau und eines Konflikts an einem entscheidenden Punkt ihres Lebens; einer Frau, die nach Klarheit sucht, nach Konsequenz und Unabhängigkeit – in ihrem privaten Leben und als Schauspielerin auf der Bühne.

Ruth Klinkenberg

# Irmgard Keun im dtv

Foto: Isolde Ohlbaum

Das kunstseidene Mädchen

Doris will weg aus der Provinz, die große Welt erobern. In Berlin stürzt sie sich in das Leben der Tanzhallen, Bars und Literatencafes – und bleibt doch allein. dtv 11033

Das Mädchen, mit dem die Kinder nicht verkehren durften

Von den Streichen und Abenteuern eines Mädchen, das nicht bereit ist, die Welt einfach so zu akzeptieren, wie sie angeblich ist. dtv 11034

Gilgi – eine von uns

Gilgi ist einundzwanzig und hat einiges satt: die Bevormundung durch ihre (Pflege-)Eltern, die »sich ehrbar bis zur silbernen Hochzeit durchgelangweilt« haben, die »barock-merkantile« Zudringlichkeit ihres Chefs und den Büroalltag sowieso. Da trifft es sich gut, daß sie sich in Martin verliebt. Doch als sie bei ihm eingezogen ist, kommen Gilgi Zweifel ... dtv 11050

Nach Mitternacht

Deutschland in den dreißiger Jahren. Ein Konkurrent hat Susannes Freund Franz denunziert. Als er aus der »Schutzhaft« entlassen wird, rächt er sich bitter, und Susanne muß sich entscheiden ... dtv 11118

Kind aller Länder

Die zehnjährige Kully und ihre Eltern verlassen Deutschland, weil der Vater als Schriftsteller bei den Nazis unerwünscht ist. Es beginnt eine Odyssee durch Europa und Amerika ... dtv 11156

D-Zug dritter Klasse

In der Zeit des Nationalsozialismus treffen in einem Zug von Berlin nach Paris zufällig sieben Menschen aus unterschiedlichsten Gesellschaftsschichten und mit unterschiedlichsten Reisemotiven zusammen ... dtv 11176

Ferdinand, der Mann mit dem freundlichen Herzen

Ferdinand ist ein Mann unserer Tage, eine provisorische Existenz, wie wir es ja mehr oder weniger alle sind. Es geht ihm nicht gut, aber es gelingt ihm, meistens heiter zu sein, das Beste aus seinem Leben zu machen. dtv 11220

Ich lebe in einem wilden Wirbel
Briefe an Arnold Strauss
1933 bis 1947
dtv 11229

# Frauenleben: Tagebücher, Berichte, Autobiographien

Ironisch-heitere Skizzen aus der ländlichen Idylle des Chiemgaus
dtv 1665

Zwei Frauen Mitte 30 geben Ehemann, Haus und Erbe auf, um neue Lebensformen zu erproben.
dtv 10565

Die Jahre 1931–1934. Eine junge Frau auf der leidenschaftlichen Suche nach sich selbst
dtv 759

Die Jahre 1934–1939. »Ein eindrucksvolles Bekenntnis« (Henry Miller)
dtv 858

Die Jahre 1939–1944. Anaïs Nin in New York
dtv 981

Die Jahre 1944 – 1947. Anaïs Nin setzt sich mit sich selbst als Frau und Schriftstellerin auseinander. dtv 10569

# Thomas Bernhard im dtv

Foto: Isolde Ohlbaum

Die Ursache
Eine Andeutung

»Thomas Bernhard schildert die Jahre 1943 bis 1946, als er eine drückende, geistabtötende, zuerst nationalsozialistische, dann katholische Internatszeit erlebte ... Wenn etwas aus diesem Werk zu lernen wäre, dann ist es eine absolute Wahrhaftigkeit.« (Frankfurter Allgemeine Zeitung)
dtv 1299

Der Keller
Eine Entziehung

Die unmittelbare autobiographische Weiterführung seiner Jugenderinnerungen aus ›Die Ursache‹. Der Bericht setzt an dem Morgen ein, als der sechzehnjährige Gymnasiast auf dem Schulweg spontan beschließt, sich seinem bisherigen, verhaßten, weil sinnlos erscheinenden Leben zu entziehen, indem er »die entgegengesetzte Richtung« einschlägt und sich im Keller, einem Kolonialwarenladen, eine Lehrstelle verschafft ...
dtv 1426

Der Atem
Eine Entscheidung

»In der Sterbekammer bringt sich der junge Thomas Bernhard selber zur Welt, auch als unerbittlichen Beobachter, analytischen Denker, als realistischen Schriftsteller. Aus dem Totenbett befreit er sich, in einem energischen Willensakt, ins zweite Leben.« (Die Zeit)
dtv 1610

Die Kälte
Eine Isolation

Mit der Einweisung in die Lungenheilstätte Grafenhof endet der dritte Teil von Thomas Bernhards Jugenderinnerungen, und ein neues Kapitel in der Lebens- und Leidensgeschichte des Achtzehnjährigen beginnt. Bis schließlich sein Lebenswille die Oberhand gewinnt, bedarf es vieler schmerzhafter Erfahrungen.
dtv 10307

Ein Kind

Die Schande einer unehelichen Geburt, die Alltagssorgen der Mutter und ihr ständiger Vorwurf: »Du hast mein Leben zerstört« überschatten Thomas Bernhards Kindheitsjahre. »Nur aus Liebe zum Großvater habe ich mich in meiner Kindheit nicht umgebracht« bekennt Bernhard rückblickend auf jene Zeit.
dtv 10385